colección alandar

Todo empezó en el Thyssen

Miguel Ángel Ortega

EDELVIVES

Directora de la colección:
Mª José Gómez-Navarro

Equipo editorial:
Violante Krahe
Juan Nieto
Lupe Rodríguez

Dirección de arte:
Departamento de imagen y diseño GELV

Diseño de la colección:
Manuel Estrada

Fotografía de cubierta:
AGE

1ª edición, 2ª impresión, diciembre 2005

Carretera de Madrid, km. 315,700
50012 Zaragoza
Teléfono: 913 344 883
www.edelvives.es

ISBN: 84-263-5920-5
Depósito legal: Z. 3464-05

Talleres Gráficos Edelvives (50012 Zaragoza)
Certificados ISO 9001
Printed in Spain

El 0,7% de la venta de este libro se destina a la construcción de la escuela que la ONG Solidaridad, Educación, Desarrollo (SED) gestiona en San Julián (El Salvador).

FICHA PARA BIBLIOTECAS

ORTEGA, Miguel Ángel (1961-)
Todo empezó en el Thyssen / Miguel Ángel Ortega. – 1ª ed., 2ª reimp. – Zaragoza : Edelvives, 2005
194 p. ; 22 cm. – (Alandar ; 71)
ISBN 84-263-5920-5
1. Museo Thyssen-Bornemisza. 2. Viajes a través del tiempo. 3. Amor. 4. Robos. I. Título. II. Serie.
087.5:821.134.2-31"19"

SUSAN VA AL MUSEO

La excursión iba a ser una más, ya me entiendes. El autobús que te recoge, los chicos que te meten el codo en el hígado para ponerse en la última fila, Maite que se empeña en recordarnos que debemos ser educados, completar el cuadernillo, fijarnos bien en los detalles. «De verdad que merece la pena, pensad que sois personas privilegiadas porque tenéis acceso a lugares donde se reúne lo mejor que ha hecho el ser humano, nada menos que lo mejor, pensad en ello». Pero nadie piensa porque lo mejor que ha hecho el ser humano es aburrido, como mirar una televisión apagada y preferimos entretenernos con Eminem en los oídos, rollo del bueno, aunque no se entienda un carajo de lo que dice.

Maite se cree mucho su curro, y por eso fuimos en un autobús casi vacío, nada más que los de 4.º B, y aún así hubo codazos y algún taco que ella hizo como que no escuchaba. Íbamos tan pocos porque se trataba de que no nos despistásemos, de que pudiésemos atender mejor sus explicaciones y de que no nos fumásemos toda la mañana: sería una excursión de media jornada, dentro de Madrid, al Thyssen, como le gusta a la directora, para que los padres no digan que si esto es una agencia de viajes. Saldríamos después de la primera hora y volveríamos a tiempo para dar la última, la de *Alí el Químico,* a quien las chicas colgamos el mote cuando lo de Irak porque nos vino al pelo el primo de Sadam Husein, teniendo nosotras un profe tan moro, a la vez renegrido y machista que, aunque trata de disimularlo, no se fía de que una chica dirija un experimento. «Casi es mejor que tú le pases el material a Pedro» o «No creas que esto es como hacer una tortilla, no, no», y notas que los dedos se le hacen huéspedes y no ve el momento de quitarte la probeta de la mano, como si el agua con azúcar fuese a derramarse y provocar una explosión nuclear.

Alba y Bea, por cierto, que me estoy perdiendo, tenían el encargo de hacer lo posible para estropearle los planes a Maite, no porque ella nos cayese mal, sino porque así es el juego, ella a aprovechar el tiempo y nosotros a perderlo. A poco que las dos empollonas se portaran y que Fito y Pato se extraviaran en los servicios, podíamos ganar veinte minutos. Y si la gran ciudad nos regalaba un par de atascos, cuando llegásemos al insti sería la hora de recoger los bártulos y a casa, hasta luego, Lucas. Qué pena que esto de la excursión nos haya dejado sin rematar lo de las bases y los ácidos, con lo interesante que es todo eso.

En el autobús, Nerea se colgó por detrás de mi asiento como si fuera un murciélago y me preguntó si sabía lo del fantasma del museo. Nerea siempre está con lo mismo. Se harta de leer libros de espíritus flotantes, casas encantadas, demonios y bobadas así y, en cuanto la dejas, te cuenta cada historia que nos haría temblar de miedo durante días si nos las creyésemos. Lo curioso es que ella se traga cualquier patraña de ésas, por inverosímil que resulte, y luego dice que es atea, con lo poco que cuesta hacerse a la idea de alguien que ha hecho todo esto y a quien ni se le ve ni se le oye ni arma estropicios en casas abandonadas. Cierto que a veces Nerea nos viene bien. Por ejemplo, el año pasado en *Halloween*, quedamos para dar una vuelta y llovía tanto que tuvimos que pasar la noche en la buhardilla de Paco. Nerea aprovechó la ocasión y puso el ambiente a la altura de la noche. Tanto habló que, llegado un punto, Tere le pidió que se callase porque con sólo pensar que tenía que volver a su casa sola le daba pánico. A los demás nos vino bien que Tere se atreviese, y prueba de ello es que nadie animó a Nerea a que siguiera; al contrario, rápidamente nos pusimos a hablar de sexo, que es el mejor antídoto contra el pánico.

El caso es que le reproché a Nerea que estuviese siempre con lo mismo y ella se enfadó y le preguntó a voces a Maite si era verdad lo del fantasma del museo. Maite giró la cabeza y, con delicadeza, le dijo que no, que se equivocaba.

—No me digas que mientras estaban rehabilitando el edificio no tuvieron problemas con unos espíritus —insistió Nerea.

—No, Nerea, estás confundida —aclaró Maite—. Tú te refieres al fantasma del palacio de Linares, el de Cibeles, que está bastante cerca del museo, pero no tiene nada que ver.

Nerea miró alternativamente a Maite y a mí buscando la manera de darse tiempo para no tener que renunciar a su hipótesis.

—¿Estás segura?

—Completamente.

—Bueno, pues da igual. Si en un palacio ha habido un fantasma, en este museo también puede haberlo, ¿no te parece?

Nerea sabía que con esta forma de plantearlo le estaba dando la razón a Maite, pero, al menos, decía la última palabra. El caso es que el asunto se olvidó —lo olvidamos todos menos Nerea, quiero decir— y enseguida llegamos al museo que, sinceramente, me sorprendió. Cuando una oye la palabra «museo», espera un edificio pesado, adusto, antiguo y con un cierto olor a rancio, como si el polvo no se hubiese cambiado de sitio desde que se construyó por miedo a que todos los cuadros se descompusieran. Sin embargo, éste tenía un recibidor muy amplio, con aire de edificio moderno y pintado en color salmón. A la derecha de la gran sala había un mostrador de información y a la izquierda, otro donde se vendían las entradas, y ninguno de ellos era atendido por ujieres con librea y gesto de mal humor, sino por chicas jóvenes con trajes de azafata y el don de lenguas, según pude comprobar cuando una de ellas atendió en inglés con toda naturalidad a la pareja de visitantes que sacó las entradas antes que Maite.

Maite, por cierto, advirtió que me había quedado empanada y me sacó de mi ensimismamiento preguntándome si me pasaba algo malo. Le contesté que no, qué iba a decir yo, pero lo hice a trompicones, un poco avergonzada por lo pueril de mi reacción y porque me había pillado en Babia, y ella sonrió sin querer echar más leña al fuego. Otro en su caso habría sacado partido de mi cara de boba porque los profes son muy dados a hacer chistecitos a cuenta nuestra, y me hubiese dejado en evidencia, pero ella no dijo nada... Aunque tampoco tenía motivos para ser borde conmigo porque yo siempre me porto bien en sus clases.

El caso es que Maite se enrolla bien. Otra cosa es que su asignatura no nos guste, pero ella hace lo posible. Por ejemplo, proyecta en la pantalla el cuadro de un Cristo, y tú empiezas a poner toda tu atención en el nombre del cuadro y del autor, que esperas escuchar de inmediato para luego poder repetirlo en el examen y, en lugar de eso, te viene con que si crees que ese tío está cachas. ¿Cómo? Pues eso, insiste, que si está cachas, y entonces coge el ratón del ordenador y llena la pantalla con cuatro o cinco cristos más y te pide que compares y que los califiques en las categorías de tipo corriente: musculoso natural, fuerte de gimnasio, mórbido o pelín delgado. Después viene la explicación de verdad, por supuesto, y ahí ya atiendes más o menos, pero de momento sí que la escuchas porque ha conseguido que te pique la curiosidad, no sé si me entiendes lo que trato de decir...

Luego Maite nos dio una charla de introducción que no pienso repetir, pero que iba sobre la importancia que para la historia de la pintura tuvo lo que ocurrió en Italia y en los Países Bajos en el siglo xv, hace más de quinientos años; y después subimos andando al segundo piso.

Para que te hagas una idea, que luego podrá serte bastante útil, te diré que la planta entera es, en esencia, un gran rectángulo. Otro rectángulo más pequeño y un poco descentrado con respecto al de la planta es el hueco de la escalera que, como el edificio era un palacio, resulta ser un espacio bastante grande en el cual hoy día habrían aprovechado para levantar un bloque de pisos. El resto, una especie de rosquilla rectangular, es un espacio diáfano pero dividido por mamparas de manera que resultan veintiún espacios diferentes a modo de otras tantas salas con contenido diverso. Tú entras por el lado largo y, girando a la derecha, llegas enseguida a uno de los lados cortos. En él se sitúan las salas numeradas del uno al cuatro; la cinco, seis y trece están en el lado largo contiguo pero en el muro del edificio, digamos a la izquierda, o en sentido contrario a las agujas del reloj; los números siete al doce se distribuyen en el lado largo pegados al hueco de la escalera, es decir, enfrente de las anteriores; del catorce al dieciocho están en el otro lado corto y, finalmente, las salas diecinueve, veinte y veintiuno están al otro lado del hueco de la escalera, en el mismo pasillo por donde se accede a toda la planta, de manera que el final de la sala veintiuna está justo al lado de la puerta de entrada. Varias personas trabajan en la seguridad del edificio. Los gorilas, que no son muchos, y otras personas —entre las cual, hay bastantes mujeres— que observan a los visitantes y procuran que no toquen los cuadros y guarden un silencio de museo. Esto —ya lo verás— también tiene bastante que ver con lo que quiero contarte.

Las salas están pintadas en el mismo salmón de la entrada, lo que me pareció todo un detalle porque es un color delante del que una se siente relajada; no se trata del blanco desabrido de los institutos, las cárceles o los hospitales, vaya. En la sala número uno, Maite no nos dijo nada. Nos dejó que observáramos los cuadros a nuestro aire y nos avisó —seguro que era un farol— de que más tarde nos haría algunas preguntas sobre esas pinturas y el que no supiese contestarlas tendría que volver, estuviéramos dentro o fuera del museo. En fin, la amenaza no era muy creíble pero, ya que estábamos allí, nos fijamos en que los cuadros eran de pintores italianos que no deben de conocer ni en Italia y que, en general, eran bastante feos, dijera Maite lo que dijera después. Unos minutos más tarde, pasamos a la sala segunda. «Pintura gótica —anunció Maite—. Atentos al colorido, las proporciones, los temas... Ojo con los ejercicios del cuaderno.» No te voy a contar ahora todos los ejercicios, pero te aseguro que, entre los cuadros que vimos, uno me produjo auténtico pavor: el *Tríptico de la Santa Faz*, un cuadro que son tres, uno a continuación del otro, y el del medio representa una horrible cabeza cortada. Será un rostro muy santo, y un sudario bizantino y todo, pero un niño que tenga pesadillas no debería pasar por delante de él si no quiere tener pesadillas. Y tampoco debería fijarse mucho en el contenido de los cuadros porque me río yo del gusto *gore* de hoy a la vista del espeluznante catálogo de crucifixiones que hay en esas salas.

Después pasamos a la tercera sala, que fue donde empezó todo. En este momento, por razones que luego descubrirás, puedo enumerarte todos los cuadros que hay colgados, sus autores y sus dimensiones, pero entonces sólo pude fijarme en uno. Si yo fuese Nerea, te diría que una fuerza extraña me empujó a ese lado de la sala tercera, pero yo no soy tan fantasiosa ni sentí ninguna fuerza que me impidiese fijarme en otra cosa: simplemente, no sé por qué, no logré prestar atención a ninguna de las obras que señalaba Maite y que eran —¡cómo no!— dos crucifixiones, una situada entre los ventanales de la pared que daba a la calle y otra en la pared de enfrente. El cuadro del que me quedé colgada era el último de la sala siguiendo el recorrido que marca el propio museo. En realidad eran dos cuadros, cada uno de ellos con un solo personaje. En el de la izquierda aparece un ángel con unas alas enormes y en el de la derecha, una mujer. Las dos figuras están enmarcadas sobre lo que parece, de adentro afuera, un marco de madera y otro de mármol rojo oscuro, rojo inglés, que diría mi madre. El ángel sobrepasa el marco de madera con su ala derecha y con su sombra y la Virgen proyecta la de su cuerpo sobre los dos marcos. Creo que lo que me llamó la atención fue que a primera vista no pude distinguir si era una pintura o una escultura, de tan bien hechas que estaban las figuras. Y esto no es una exageración. Tuve que acercarme mucho para asegurarme de que lo que veía no era una ilusión óptica, que el ángel era un dibujo y que lo que tapaba el marco era la sombra de su ala, no un ala de mármol.

—¡Me ha engañado! —dije entonces, señalando el cuadro con una mano y girando el cuerpo hacia el resto de la clase, que ya había llegado a mi altura—. ¡Me ha engañado! ¡Fijaos! ¡Parece de verdad!

Para mí que con la propaganda que le hice al cuadro me libré de la bronca que me pensaba echar Maite por haberla ignorado mientras explicaba los cuadros anteriores, porque la verdad es que toda la clase se echó encima del díptico y la mayoría hizo exclamaciones similares a las mías: «Mira, es verdad; tío, ¿te das cuenta?; eso es una fotografía, nos quieren engañar». Tanto revuelo montamos que la mujer que vigilaba nos llamó la atención y le dijo a Maite que debía tener más cuidado y procurar que no nos acercáramos tanto a los cuadros.

—Bueno, pues ahora, Susan puede contarnos cómo se llama el cuadro, quién lo pintó y cuándo.

—¿Y por qué yo?

—Porque llevas quince minutos mirándolo. Supongo que te habrás fijado en la información que tienes justo abajo a la derecha.

—Pues, no —dije.

Y era verdad. No había caído en que eso fuera importante aunque, bien pensado, quizás sí debería haberlo hecho. Si era una fotografía, como alguien sugirió, allí debería estar escrito.

—¿Qué representa, Susan?

—*La Anunciación* —dije, leyendo el título.

—¿Y qué es eso?

Enmudecí. Suponía que era algo de religión, pero no sabía qué. Fue Javier el que levantó la mano para contarlo y era justo que lo hiciese él: para algo va a clase de Religión. Por lo visto, se trata del momento en que el arcángel San Gabriel se presentó ante la Virgen para decirle que iba a tener un hijo sin que su marido tuviera participación en el asunto. Alguien dudó que eso fuera posible y Maite tuvo que aclarar que aquello era una cuestión de fe, que los católicos están obligados a creer, pero que quien no es religioso puede opinar lo que quiera.

—Pero sí que debíais saberlo todos, los de Religión y los de Estudio —dijo, subrayando el «sí» de una forma muy especial—. Como debíais saber qué significa la paloma que tiene la Virgen sobre la cabeza. ¿Acaso se dedicaba a la colombofilia y el pintor le dibujó una paloma como hubiese dibujado una gubia si hubiese sido carpintera?

—Eso no puede ser —contestó Octavio, un poco retrasado— porque no conozco a ninguna mujer que sea carpintero.

—No hablo de eso —aseguró Maite—; lo que estoy preguntando es qué significado tiene la paloma.

Javier, algo molesto por ser el único que parecía saber de religión, nos dijo que eso era el Espíritu Santo y, a indicaciones de Maite, explicó que, para los católicos, Dios es Dios, también Jesucristo y también esa paloma, que no es que exista realmente, pero que «es lo que llamamos Espíritu Santo».

Maite no quiso profundizar más y me hizo leer el autor, Jan van Eyck, y el siglo en que se pintó: como fue entre 1435 y 1441, hablaríamos del XV. Entonces ella nos contó que algunas personas importantes de aquella época encargaban esas pinturas para tenerlas en sus casas, en muchos casos por pura ostentación y en otros, porque de verdad eran personas religiosas. En la fotocopia que nos había dado teníamos que escribir tres cosas, pero después de aquella cháchara sólo quedaba una por contestar, que era el colorido que predominaba en el cuadro. La pregunta tenía su miga porque, excluyendo el marco, resulta que no hay colores en ese díptico, salvo el blanco, el negro y los grises intermedios.

—¡Por eso parece una fotografía en blanco y negro! —repitió *Pato* cuando cayó en la cuenta de que no había colores.

—Más o menos, Santi —le apoyó Maite—. Este cuadro es una grisalla, una técnica que se usaba en aquella época para dar esa sensación de relieve. Si el cuadro hubiese tenido colores, seguramente no habría engañado a Susan.

Maite siguió dando algunas explicaciones y el grupo empezó a removerse mientras algunos hacían mutis por el foro. Maite cabeceó disgustada al darse cuenta de que o abreviaba o perdía a la audiencia, y salió arrastrando a la clase hacia la sala cuarta.

Yo, sin embargo, aún me quedé un rato allí. Mientras se había producido todo lo que te acabo de contar, llegué a sentirme incómoda. Era como si mis compañeros me estuvieran acosando. ¿No has tenido nunca ganas de estar sola en un sitio sin que nadie te moleste: esa tarde que quieres quedarte en tu habitación y tu madre te persigue preguntándote por qué no quieres salir, por ejemplo? Pues eso me pasaba a mí. Además, la charla de Maite era como la televisión que alguien de la familia se empeña en escuchar a todo volumen justo cuando quieres leer ese artículo de la revista, ¡para uno que te interesa! No veía llegar el momento en que se marchasen y me dejasen un rato tranquila y cuando eso sucedió me encontré físicamente bien, igual que si hubiese superado un dolor de muelas. Estar frente a aquel cuadro me producía un placer muy peculiar y muy nuevo, difícil de explicar. Sí, ya sé que esto no hay quien se lo crea, pero por eso te lo cuento. Una no escribe un libro si no tiene que contar algo fuera de lo corriente. Además, eso no fue sino el principio de todo lo que me ocurrió después.

UN ENCARGO PARA INGE *EL NORUEGO*

La puerta se atrancó un poco y sonó con un leve temblor de cristales. Seguramente, una puerta bien ajustada y un sonido diferente le hubieran decepcionado. El visitante, bien trajeado y de pelo cano, se preguntó si eso no era parte de la puesta en escena y se contestó que, de ser así, no le importaba. Es más, echó de menos una campanilla y miró hacia la parte superior del marco por si acaso existía, pero la puerta no había conseguido mover el pequeño badajo. El interior estaba oscuro. La única fuente de luz llegaba de la calle a través de la cristalera que acababa de dejar atrás. Al fondo se veía otra mancha de claridad, con toda probabilidad, el acceso a un patio trasero, pero más que iluminar la estancia, impedía distinguir los objetos arracimados en aquella parte del local.

En la primera mitad de la pequeña nave, se colocaban los objetos más voluminosos: armarios de tres y cuatro cuerpos, puertas que habrían sido de caserones rústicos, columnas de piedra, dos ruedas de carro que habían trepado por una de las paredes. No se trataba de quitar del alcance de los descuideros los objetos más fáciles de sustraer, sino de dejar los artículos más grandes donde únicamente cabían, ya que a mitad de la nave un altillo reducía bastante la altura disponible. En ese segundo tramo, se encontraban joyeros de madera, espejos de pasta dorados, aguamaniles y algún escritorio. Los objetos más pequeños yacían al final, sin orden ni cuidado aparente. Allí, como había supuesto, otra puerta comunicaba con un patio donde se almacenaban, a juzgar por su aspecto, las piezas que todavía necesitaban restauración.

—¿Puedo atenderle?

Se dio la vuelta para ver a la mujer que lo interrogaba, con voz amable, detrás de él. Supuso que había bajado desde el altillo y que la puerta que quedaba a sus espaldas era la que daba paso a esa parte del local, y no una antigüedad más de las que estaban a la venta.

—Sí, claro. No he visto por aquí nada de lo que busco.

—Usted dirá, aunque, si no lo ha visto, quizás no lo tenga.

—Me interesan cuadros. Cuadros antiguos.

—Alguna cosa hay, sí, pero tenemos que salir al patio.

La mujer era muy atractiva. Seguramente estaría próxima a cumplir los cincuenta pero, a diferencia de la mayoría de las personas, que llegan a esa edad con el rostro que les ha construido el tiempo, ella era de esas mujeres que parecen haberse esculpido su propio perfil. Era muy delgada, tenía los ojos azules y el pelo, lacio y largo. Ni las canas que entreveraban el color ceniciento de su cabellera ni las profundas patas de gallo que le surcaban las sienes eran una amenaza para su peculiar belleza, sino rasgos que acentuaban su personalidad. Vestía, en fin, un pantalón vaquero ceñido y un ancho blusón de color fucsia.

Una vez en el patio, tuvieron que pasar por encima de una fuente de granito a la que se le había roto el pedestal y después entrar en una habitación ciega de no más de ocho metros cuadrados. La mujer encendió la luz de unos tubos fluorescentes. En una de las paredes, seis o siete caballetes exponían sendas pinturas a las que la luz, poderosa para lo reducido del espacio, no conseguía rescatar de su tristeza.

—Son todas del siglo XVIII, menos la de la derecha, que es un retrato que le hicieron a Riego en 1822. Todas están firmadas y tienen sus papeles.

Ahora que había hablado más, era posible distinguir en ella los restos de un acento extranjero.

—Pero no son grandes pinturas...

La mujer se encogió de hombros:

—Esto es lo que tengo. Si me dice lo que busca, quizás pueda ayudarle.

—Busco algo mucho más antiguo.

—Si es más antiguo, generalmente es más caro, incluso aunque no sea un cuadro mucho mejor.

—No es cuestión de dinero. Eso no será un obstáculo.

El dato no pareció afectar a la mujer, que se limitó a puntualizar:

—Quiero decir que ése no es mi campo. Ni estoy especializada en él ni tengo clientela para ello. Si alguna vez me ha llegado alguna pieza, he mandado al vendedor a otros anticuarios. Si quiere, puedo darle algún nombre.

El comprador negó con la cabeza y habló como quien está jugando al póquer y pone sus cartas boca arriba.

—No. He venido al sitio que buscaba. En realidad, quiero hablar con Inge.

—¿Inge? —preguntó la mujer como si necesitase ganar tiempo.

—Él trabaja aquí, ¿verdad? ¿Puedo verlo?

—Bueno... ¿lo conoce?

—Sé quién es. ¿Está aquí?

—Pues no. Lo siento. No está aquí.

—Entonces, si no le importa, le esperaré.

—Es que no sé cuándo vendrá.

—No se preocupe. No tengo prisa.

La anticuaria había perdido parte de su aplomo. Se diría que estaba incómoda; quizás, incluso, un poco alarmada. Sacó un pequeño teléfono de uno de los bolsillos del pantalón y marcó un número. Para hablar se retiró un par de metros del cliente, aunque no era necesario porque habló en un idioma desconocido. Sólo la primera palabra que dijo, y que podría ser «Inge» en cualquier lengua sajona, daba una idea de qué estaba haciendo.

—Viene enseguida —informó al cliente, como si éste hubiera compartido completamente su conversación—. Está aquí al lado.

Diez minutos después, un hombre robusto y pelicano bajo una gorra gris de fieltro entró a grandes zancadas en la tienda. El comprador se levantó del sillón de caoba y terciopelo en que había aceptado sentarse y esperó a que llegase hasta él.

—Yo soy Inge —se presentó, después de comprobar que no conocía al visitante—. ¿Me buscaba?

—Sí. Tengo un encargo que hacerle.

—¿No le ha tomado nota Christine? —le preguntó, mirando hacia la mujer.

—Eso no es posible.

La voz del comprador sonó entonces inopinadamente arisca, como la de quien está cansado de dar rodeos y quiere ir al grano.

—¿Podemos hablar en serio de una vez?

Christine e Inge cruzaron una mirada de complicidad. Ella caminó hasta la puerta de entrada, giró el cartel que indicaba que el establecimiento estaba abierto y cerró por dentro. Volvió donde los dos hombres y los antecedió hasta la puerta que comunicaba con el altillo. Al visitante le llamó la atención que Christine la abriese con llave porque antes no había escuchado el ruido de ningún pasador y, según sus cálculos, ella sólo podía haber llegado desde el piso de arriba. Echó un vistazo a su alrededor, pero no vio ningún otro acceso y supuso, con un punto de intranquilidad, que la tienda estaría llena de trampas. Inge subió los diez peldaños de la estrecha escalera y los esperó ante una nueva puerta de cristales abierta. En el interior del altillo, había una mesa de despacho grande y llena de carpetas y papeles que parecían ahogar a una amarillenta pantalla de ordenador. Detrás del sillón de cuero agrietado y negro, que estaba al otro lado de esa mesa, una reproducción del cardenal *Inocencio X* de Velázquez presidía el espacio. La iluminación natural provenía de una ventana que daba al patio y que se abría al lado opuesto al de la mesa. Aparentemente, no había comunicación visual entre el altillo y la parte baja de la tienda, lo que hizo que el visitante presumiera que el local entero se vigilaría desde la pantalla del ordenador por un circuito cerrado de televisión. Festoneaban la estancia ficheros y armarios con apariencia de estar repletos de papeles y por último, junto a la mesa, había un gran sofá tapizado en terciopelo granate en el que lo invitaron a sentarse. Inge ocupó su sillón y Christine se apoyó sobre una de las esquinas de la mesa, de manera que el comprador quedaba en una posición lateral y mucho más bajo que sus interlocutores.

—Si me permiten, prefiero seguir de pie.

Lo dijo de inmediato, se levantó y se recostó sobre uno de los armarios, ocupando un lugar que le parecía más ventajoso.

—Usted dirá —empezó Inge.

—Quiero una reproducción. Quiero —añadió, para no dar lugar a nuevos rodeos— que usted haga una reproducción. Yo le daré el nombre del cuadro y usted me dirá cuándo lo tendrá listo.

Inge lo miró despacio mientras se preguntaba si merecía la pena negar que se dedicara a hacer reproducciones.

—¿Quién le manda? —le preguntó Christine, que intentaba reconocer ese rostro y hacía esfuerzos por situarlo.

El visitante movió la cabeza para mirarla de frente en un ademán que a ella le pareció algo teatral. También había algo de actuación en la manera dura de dirigirse a ellos. No era un hombre corpulento ni demasiado alto, ni hasta el momento había dado la sensación de ser algo distinto de un chupatintas. Se diría que desde que habían entrado en el altillo había puesto sus cinco sentidos en mostrar una imagen de hombre duro.

—Estoy seguro de que ustedes lo suponen.

—Yo no —dijo ella.

Christine se echó hacia adelante, dispuesta a pelear.

—No voy a discutir sobre eso. Estoy seguro de que Inge —y volvió a girar la cabeza hacia él— sabe lo que tiene que hacer.

Aquellos sobreentendidos debían de tener un significado bastante exacto para las tres personas porque, a partir de ese instante, la conversación avanzó muy deprisa.

—¿Que haga la reproducción es todo lo que quiere? —preguntó Inge, como quien conoce la respuesta.

—Después tendremos que sustituirlo, pero eso será más tarde. Para entonces, ya veremos.

Inge dio la vuelta a su sillón y se quedó pensativo, observando la mancha roja que representaba al cardenal y que había tardado cien días en terminar. El visitante sacó del bolsillo interior de su americana un paquete de cigarrillos y miró a Christine, que le impidió encender uno con un enérgico movimiento de su mano. Inge se volvió y fijó la vista en el visitante.

—¿Cuál es el cuadro?

GRACIÁN BRULL, APRENDIZ EN BRUJAS

Joan Brull tenía ideas muy peregrinas, siempre se lo habían dicho. Era frecuente que pensara lo contrario que la mayoría y que engendrase proyectos irrealizables, que se empeñara en empresas imposibles y que mantuviese discusiones inauditas apoyándose apenas en corazonadas. A veces era como un niño grande y otras, como la más terca de las mulas. Pero esta vez llevaba algo de razón. Su hermana lo admitió cuando le escuchó, la tarde que hacía tres meses justos de que muriese su mujer en el parto del que iba a ser, y no fue, su cuarto hijo. «Tienes que ayudarme, Elionor —le dijo—. Si no, no podré salir adelante.»

Joan no era de los que se arredran con poca cosa y, al ser hermano mayor, pedirle a Elionor que intercediese por él le resultó muy doloroso. Caía la tarde de un domingo de 1427 y estaban sentados a la mesa, hablándose quedamente para que los niños no se enteraran de la conversación, Joan mirando más hacia la ventana que hacia su hermana para hurtarle el rostro de contrariedad que le avergonzaba. Por su parte, el mar, un poco más gris a cada minuto que pasaba, le susurraba que marchase con él y le prometía empresas fructíferas y días de gloria.

—Sabes que haría cualquier cosa por ti. Pero esto no depende de mí.

—Lo sé. Si no lo consigues, continuaré buscando. Boscán ya es mayor y barrunto que dentro de poco será más que un ayudante. Espero que a la vuelta de un par de años trabaje conmigo como un socio más. Siendo dos, con un poco de fortuna, también nosotros podremos tener nuestro propio palacio... —Elionor sonrió: ya estaba Joan fantaseando—. Bueno, no digo que sea un gran palacio, el gran palacio de los Brull, pero sí una casa con sus lujos, sus tapices, sus sedas. Y entonces tú vendrás conmigo. Con tu marido y con tus hijos, que no tardarás en tener.

—¿Y María?

—No me olvido de ella. Has sido muy buena convenciendo a la señora para que la tome a su servicio. Créeme que lamento que la familia tenga que separarse. Los varones a un sitio, las mujeres a otro. No duermo bien desde que las cosas se torcieron. Tengo pesadillas. Muchas veces me asaltan pensamientos en los que me veo como un cobarde. A veces creo que es Mercé la que me envía este desasosiego desde el cielo, como avisándome de que enmiende el rumbo si no quiero someterme a peores sufrimientos en el otro mundo. Pero te prometo que volveré por vosotras. No te dejaré ni a ti, ni tampoco a María ni a Gracián.

—No te atormentes, hermano. El mundo no lo gobiernas tú. En tu naturaleza está la aventura, eso que llamas el riesgo, buscar lo que nadie conoce, y aunque muchos no te comprendamos, estoy segura de que obras movido por el deseo de hacer bien y de que alcanzarás aquello que andas buscando, sea eso lo que sea. No te culpo de nada. Sólo pretendo ayudarte.

Joan agradecía las palabras de su hermana, por quien se sabía querido desde siempre, aun ignorando que para ella había sido algo más —y algo diferente— que un hermano mayor. A veces llegó a sentir por él un amor que se asemejaba más al que se da entre hombre y mujer que al que se profesan los hermanos, así que también ella conocía lo que era asustarse de sus propios sentimientos. En el fondo, solía pensar, sus almas eran gemelas, si no la misma dividida en dos cuerpos. Por eso sabía que Joan, seguro de que ella intercedería ante la señora, se mordía la lengua para no preguntarle cuándo calculaba hacerlo y cuándo le daría una respuesta.

La noche siguiente, Elionor preparaba la cama de Isabel mientras ella aguardaba sentada en su silla, envuelta en una gruesa bata. Acababa de pasar el calentador por las sábanas y ahora mullía la almohada al gusto de la señora.

—Últimamente os veo meditabunda, si me permitís que os haga saber mi pensamiento.

—Es verdad. Como sabes, no me faltan motivos para tener ocupada la cabeza.

—No me parece oportuno que le deis tantas vueltas a cuestiones que no está en vuestra mano decidir.

—Dichosa tú, y no me tomes a mal lo que digo, que no estás obligada a sufrir estos manejos.

—No crea la señora. Otras cavilaciones me traen y me llevan.

—Pero no deciden vuestro futuro por ti.

—No en la manera en que deciden el suyo, aunque quizás sí de formas más sutiles... Por cierto, ¿cuál creéis que será la solución? ¿Habrá viaje a Flandes?

—Todavía lo ignoro. El duque de Borgoña desea sellar alianzas con el sur de Europa, aunque no comprendo su interés por mí. Mi padre, don Jaime, estará preso hasta el fin de sus días por haber defendido el derecho a lo que creía suyo. Mi madre murió hace menos de dos años aunque por limosna de mi tio el rey Alfonso, al que llaman el Magnánimo, era propietaria de un señorío y una modesta pensión. Apenas soy nadie, en esta ciudad de Valencia y, sin embargo...

—Se diría que no desea que cambie su suerte.

—No es eso, claro que lo deseo. Ya tengo dieciocho años y el tiempo pasa muy deprisa. Quizás no me atraigan aquellas tierras del norte, de las que se cuenta que son frías y lóbregas... Los holandeses aprietan, pero el fiel Bernal dice que llegarán ofertas de otros sitios, de Portugal sin ir más lejos, y que debemos tener paciencia.

—Dicen —empezó Elionor a llevar el agua a su molino— que la embajada que ha enviado el duque es, en efecto, muy persuasiva.

—No te quepa duda.

—Y que la encabeza, o casi, un personaje muy especial —le atropelló Elionor la respuesta.

—¿A quién te refieres?

—He oído que uno de ellos, no sé si el principal de los embajadores, es un dibujante extraordinario. Al parecer, aprovecha cualquier momento libre para reproducir rostros, frutas, edificios, plantas... Y he oído que lo hace con una gran destreza, tanta que las personas dibujadas parecen haberse metido en la tela.

—¡No seas exagerada! —rió Isabel de buena gana, mientras se desprendía de la bata y se metía en la cama—. ¡Tampoco el empeño es tan importante, aun si fuese lo cierto que dice! Es verdad —continuó después de acomodarse completamente— que ese personaje existe. Se llama Joan, o Jan en la lengua que él habla y, por lo que me han contado, es verdad que es un buen artesano, al menos tanto como diplomático, pero creo que han exagerado. No creo que una mano humana pueda hacer lo que afirmas; sin duda, son leyendas.

Elionor agachó la cabeza y se mantuvo unos segundos en silencio, provocando que Isabel le hiciese la pregunta que resultaba inevitable.

—¿Por qué ese silencio? ¿Y qué tiene que ver con ese holandés?

—Perdóneme la señora. No quisiera que entendiese que he sacado el asunto a propósito ni que quiero abusar de su bondad, ya ha hecho bastante admitiendo a mi sobrina en su gabinete.

—O sea, que es cierto todo lo que niegas... Venga, apresúrate y explica de qué se trata.

—Veréis, señora —empezó Elionor a relatar lo que llevaba bien estudiado—, como sabéis, mi hermano ha enviudado recientemente y ha quedado con tres hijos a su cargo y un oficio que lo trae a menudo de aquí para allá.

—Sí, ya sé que se dedica al comercio, y buenas piezas de seda que a veces trae. ¡Lástima que mis rentas no me permitan comprar todo lo que quiero!

—Ahora está empeñado en traer aquí a Valencia un telar de Génova que dice que cambiará el gremio del tejido en toda la zona porque cuenta con más husos y tornos de mayor radio. Asegura que con él pueden hacerse tramas de veinte y hasta de veinticuatro ligaduras.

A Elionor se le llenaba la boca con las ilusiones de Joan, que sentía como propias, y le costaba trabajo reconducir la conversación a donde le interesaba.

—Mi hermano está convencido de que le sonreirá la fortuna y, como tiene ese corazón tan grande, ha prometido resarcir con creces a todos los que le hayan ayudado. A mí me ha prometido casi un palacio y a vos, señora, a vos... os prometería un reino si estuviese en su mano.

Isabel volvió a sonreír ante la lisonja exagerada de su camarera.

—¿Querrás terminar?

—Lleváis razón, señora. Estoy dando demasiados rodeos. El asunto es muy sencillo. Gracián, el tercero de sus hijos, tiene ahora diez años. Es una edad muy difícil. Ni es un niño para dejarlo en manos de un ama, ni es un joven que pueda rendir en el trabajo, como el mayor de sus hijos, Boscán, como sabéis. Por otra parte, es un chico, lo que hace que pueda encontrársele un empleo pero no otros, que quizás fuesen más fáciles en las circunstancias en que vive. Pero, y esto es lo más importante, mi hermano ha descubierto en su hijo pequeño una gracia especial para el dibujo. En su casa no abundan las ocasiones ni los materiales para que un chiquillo pueda demostrar esa destreza y, sin embargo, cuando se ha presentado ha dado sobradas pruebas de habilidad.

—Quieres decir que es capaz de representar a la Virgen, a Nuestro Señor, que sabe aplicar colores...

—Bueno, señora, en este punto parece que Gracián sigue los pasos de su padre y, por lo visto, es aficionado a trazar el perfil de cosas sin importancia, como si fuese útil para alguien poner un pájaro sobre un trozo de madera. Pero, en fin, mi hermano cree que lo que es una virtud que el joven Gracián trajo de nacimiento puede ayudarle a encontrar un oficio si un hombre como ese holandés lo tomase bajo su protección.

—Ahora te entiendo. Y quieres que yo convenza a ese extranjero...

—Eso sería pedirle mucho. Mi hermano se conforma con que, si es posible, le concertéis una cita con él.

—Está bien, Elionor. Veremos qué puedo hacer. Buenas noches —dijo, cortando bruscamente la conversación, como solía hacer cada noche en cuanto notaba que el sueño empezaba a gobernar en sus ojos.

Joan y Gracián Brull llegaron a la residencia de Jan van Eyck con alguna antelación sobre la hora fijada para la reunión. Joan temía que el holandés hubiese olvidado la cita o no le prestase mucha atención, puesto que para él se trataría de un pequeño engorro. De hecho, habría admitido recibirle sólo como un gesto de buena voluntad hacia doña Isabel de Urgel, con quien estaba negociando un posible matrimonio con su señor, el duque de Borgoña. Joan sabía que su posición era demasiado débil porque la respuesta del embajador podía depender de lo que cediera de doña Isabel a cambio del favor que él le pedía, y estaba claro —y era justo— que de doña Isabel no podía esperar nada en este punto. Por otro lado, si las conversaciones iban demasiado bien o demasiado mal, sus posibilidades disminuían, ya que Jan se vería con las manos más libres para no tenerlo en cuenta.

Gracián, por su parte, ignoraba lo que estaba a punto de ponerse en juego. El día anterior, su padre lo había llamado aparte y le había hablado con gravedad.

—Gracián —le dijo—, sé que te gusta hacer dibujos. ¿Te interesaría conocer a alguien que dibuja mucho mejor que tú?

—¿Para qué, padre?

—Para que te enseñe, hijo, ¿para qué si no?

—¿Como si fuese un aprendiz?

—Exactamente igual que si aprendieses el oficio de zapatero o el de tonelero, lo has entendido a la perfección.

—Sí me gustaría, claro que sí. ¿Pero dónde hay uno de esos talleres? Nunca me has llevado a ninguno.

—Eso no importa, de momento. Lo que quería saber era si te parecía que tu padre velaba por tu bienestar procurando que aprendieses ese oficio.

—Claro que sí, padre. ¿Cómo podía pensar de otra manera?

—Me alegra escuchar esto.

Joan no contestó a ninguna otra pregunta de su hijo, a quien no le quedó más remedio que desentenderse del asunto. Pero al día siguiente, en la sala de espera donde los habían llevado, le preguntó si realmente sería feliz desarrollando esa facultad divina de dibujar con fidelidad lo que sus ojos veían. Gracián le contestó que sí, y entonces le anunció que habían ido a aquel lugar para conocer a quien, si lo aceptaba, iba a ser su maestro.

—¿Cómo se llama, padre?

—Jan van Eyck, hijo. Y viene de Holanda, un lugar muy lejano.

Gracián pensó si tendría que marcharse a ese lugar lejano, pero no le dio tiempo a preguntarlo porque, en ese momento, se abrieron las puertas de la habitación donde el embajador los esperaba. Van Eyck estaba sentado a una mesa de madera con incrustaciones de nácar que Joan identificó como alguna de las que el mercader Brossa solía traer de Córdoba o de Oriente. Sobre la mesa había varios montoncitos de papeles, atados algunos con cintas de seda color granate y otros sueltos, aunque bien ordenados. El mayordomo que los había conducido a la estancia y acompañado hasta las inmediaciones de la mesa acudió junto al holandés y se sentó cerca de él. Van Eyck examinó al padre y al hijo ladeando ligeramente la cabeza, como si a través de la observación de sus rostros pudiese acceder a su espíritu. Joan y su hijo se sintieron incómodos durante los pocos segundos que duró ese reconocimiento. A continuación, Van Eyck dijo algo al mayordomo.

—El señor quiere saber cuál es el motivo de su visita. Desea que sepáis que la condesa ha insistido para que esta entrevista se celebrara.

Mientras el traductor hablaba, el holandés siguió fijando la mirada sobre sus interlocutores, sobre todo en Joan, cuyo rostro debía de parecerle especialmente revelador. Gracián reconoció en Van Eyck un hombre que tendría la edad de su padre, alguno más de treinta años, de piel demasiado blanca, el cabello y los ojos del color de la tierra y la piel, fina y poco labrada. Según tuvo ocasión de comprobar durante la charla, sus ademanes eran delicados, su forma de expresarse comedida y tranquila su expresión. Llevaba el pelo rapado desde las sienes hacia abajo, detalle que le llamó mucho la atención a Gracián, pero al que luego tendría tiempo de acostumbrarse.

—Verá —empezó a hablar Joan—, estoy seguro de que Dios ha concedido a mi hijo Gracián el don de poner en una tela cualquier cosa que esté en el mundo.

Joan se detuvo ahí haciendo caso a un ademán del traductor. Mientras éste ponía sus palabras en la lengua de

Van Eyck, se sintió satisfecho del tono elevado que les había dado. A un nuevo gesto del traductor, continuó:

—Sin duda es una gracia divina porque se trata de algo que otros, yo mismo, somos incapaces de hacer por mucho interés que pongamos en ello.

El traductor convirtió al holandés esta nueva frase y debió de recibir instrucciones de saltarse las consideraciones superfluas e ir a lo fundamental. No de otra forma se explica que el traductor no volviese a interrumpir a Joan tan rápidamente y que, cuando volvió a callarse, tardase tan poco en informar a Van Eyck del contenido de lo que había escuchado.

—Le puedo asegurar —fue lo que empezó a decir Joan— que me he quedado maravillado en múltiples ocasiones de la facilidad con que, con cuatro trazos hechos con un poco de carbón, ha conseguido que en una losa del campo apareciera el rostro ceñudo de una persona. Lo que ocurre, señor —siguió, un poco confuso porque el traductor le animase a continuar—, es que esa gracia debe cultivarse. Yo soy un modesto comerciante, pero es de necios creer que sin una formación adecuada una persona puede llegar a maestro. Aprendiz será siempre, aunque se crea el más diestro de los de su oficio.

Llegado a este punto, Joan requirió la intervención del traductor y, según se ha dicho, éste intercambió con Van Eyck apenas un par de frases.

—Por otra parte, ha llegado a mis oídos que vos —Joan miró a Van Eyck— sois un gran pintor y que tenéis un taller en Brujas en el que se hacen las mejores obras, mucho mejores que cualquiera de las que pueden llevarse a cabo en estas tierras, donde no hay talleres que merezcan la atención de grandes clientes, banqueros y comerciantes de lana, de seda y de objetos lujosos. Si vos aceptaseis a mi hijo Gracián como aprendiz, estoy seguro de que sería notable en vuestro oficio y de que en el futuro tendría en él un medio de vida acorde con los dones que Dios le ha concedido.

El traductor resumió la petición de Joan y entonces Van Eyck dejó de mirarle para detenerse en el chico. Ahora su mirada era distinta. Más tarde, pensando en aquella peculiar conversación, Gracián pudo concluir que hasta ese momento Van Eyck les había mirado como posibles modelos para alguna de sus pinturas, mientras a partir de entonces trató de descubrir si podía ser cierto que en él se encontraba la semilla de una persona especialmente dotada para la pintura. Van Eyck se levantó de su asiento, dio un paseo por la habitación como si estuviese pensando la respuesta y, por fin, se decidió a hablar. Le dijo algo al intérprete y abandonó la estancia, para sorpresa —y decepción inicial— de Joan.

—El señor Van Eyck ha dicho que no tiene por costumbre tomar a su cargo aprendices extranjeros. No obstante, en atención a la condesa, está dispuesto a conocer la predisposición de su hijo. Me ha ordenado que lo lleve a un estudio y le ruega que se retire. En su momento, usted recibirá noticias de su hijo.

Cuando se despidió de Gracián con una cariñosa palmada en la espalda y lo vio salir por la puerta de doble hoja que se abría en la pared contraria de la estancia, a la izquierda de la mesa que ocupaba Van Eyck, Joan no podía imaginarse el alcance que tendrían aquel gesto y aquella mirada. Esa misma tarde, un coche de caballos lo buscó en su casa y volvió a llevarlo al palacio donde residía provisionalmente Van Eyck. Fue conducido hasta la sala donde se había celebrado la conferencia de la mañana y al poco apareció de nuevo el holandés con el traductor. Éste último se encargó de transmitir las instrucciones:

—Señor Brull, el señor Jan van Eyck le informa de que sus presunciones eran ciertas. Más que ciertas. Las dotes de su hijo son en verdad extraordinarias y por ello mi señor está dispuesto a tomarle a su servicio como aprendiz en su taller. Las condiciones bajo las que entrará a trabajar con él son las siguientes...

El traductor desplegó un pergamino que llevaba enrollado en una de sus manos, y leyó:

—Gracián Brull será aprendiz en el taller del señor Jan van Eyck, y que antes fue de su fallecido hermano Huberto. Gracián se compromete a obedecer al señor Van Eyck en todo lo que éste le ordene, incluso aunque no tenga por objeto una actividad relacionada con el taller, siendo la desobediencia causa inmediata de expulsión. Gracián será ascendido a oficial cuando lo acrediten sus méritos, según las normas que rigen en la ciudad de Brujas. Jan van Eyck se compromete a mantener a Gracián Brull mientras dure su aprendizaje. Gracián no podrá exigir remuneración durante este período; al finalizar el cual percibirá un monto económico único de acuerdo a su categoría, momento a partir del cual dejará de estar a expensas de Jan van Eyck. Joan Brull, padre de Gracián, no reclama ni reclamará nunca cantidad alguna derivada de la cesión de su hijo al taller de Jan van Eyck.

Terminada la enumeración de las condiciones, el intérprete le preguntó a Joan si las aceptaba. Joan dijo que sí y preguntó cuándo empezaría el aprendizaje.

—Hoy mismo, si se aviene a firmar en este momento lo que acabo de leerle. En ese caso, se añadirán las formas oportunas para que tenga el valor de un contrato entre usted y el señor Van Eyck. Es posible —continuó el traductor explicando las razones de la urgencia— que la embajada del duque de Borgoña regrese en las dos próximas semanas. El señor Van Eyck considera necesario que Gracián emplee este tiempo en recibir algunas nociones básicas de nuestra lengua y de nuestro modo de vida, a fin de que su ingreso en el taller sea provechoso desde el primer día. Si lo deseáis, Gracián volverá con vos para que preparéis su equipaje. Si es así, mañana a primera hora deberá estar de nuevo aquí. Si no, ahora mismo será traído hasta esta habitación donde os podréis despedir.

Van Eyck se había sentado a su mesa de trabajo y, mientras el mayordomo informaba a Joan, parecía ausente, como si fuera un testigo necesario. Joan no supo qué contestar y a continuación no supo por qué hizo lo que hizo. Seguramente tuvo miedo de que Gracián volviese a preguntarle por el lugar al que iba y por el tiempo que estarían separados. O temió que, ante la presencia de su hijo, le faltase el valor para alejarse de él. No averiguó nunca de qué tuvo miedo y ni siquiera si fue el miedo lo que le hizo reaccionar de aquella manera. El caso fue que, cuando el mayordomo terminó de hablar, Joan musitó «Muchas gracias, se lo agradezco mucho», giró sobre sus talones y desapareció de aquella sala, de aquel palacio y de la vida de su hijo para siempre.

LOS OLSEN LLEGAN A MADRID

Christine cerró la puerta de la tienda y subió con Inge. El despacho se había transformado en un estudio de pintura: en medio de la habitación, un caballete del siglo XVIII recién restaurado y una mesa no muy grande con algunos pinceles, algunas herramientas más y cuatro o cinco pequeños pocillos para los colores. A la izquierda de Inge, un atril con varias reproducciones, completas y parciales, de un cuadro, junto con un cuaderno lleno de anotaciones que completaban la información que daban las imágenes. Atrás, en fin, otra mesa mayor, parecida al laboratorio de un químico, donde Inge había fabricado las pinturas de forma artesanal.

—¿Cuándo empiezas, Inge?

—La tabla ya está preparada, así que en cualquier momento. Mañana, seguramente.

—¿Por qué no hoy? ¿Tienes miedo?

Inge se retiró de las reproducciones y se giró hacia Christine.

—¿Miedo? ¿Por si acaso me enveneno con el blanco de plomo?

—No seas bobo. Sabes de qué hablo.

Inge emitió un suspiro profundo antes de contestar:

—Quizás tenga algo de miedo. Llevo muchos años sin pintar y la caligrafía de un pintor es muy complicada: hay que afinar el estilo, la pincelada, los empastes...

—Verás como lo haces bien.

—Lo cierto es que también le tengo miedo a eso.

—¿A qué?

—A empezar de nuevo...

—¡Pobre Inge! —exclamó Christine cariñosa, y lo abrazó como a un niño perdido en el bosque.

Inge y Christine llevaban unos diez años instalados en Madrid. Sus vecinos recordaban que el local llevaba cerrado bastante tiempo porque el dueño, Arturo Ponzano, había muerto sin un heredero directo y era difícil poner de acuerdo a media docena de sobrinos sobre el modo de liquidar la herencia. Una mañana, un hombre alto y con indudable aspecto de extranjero, lo visitó acompañado de quien se supuso que era uno de los herederos. El rumor más difundido es que estuvieron dentro toda la mañana, como si hubieran revisado uno a uno los ladrillos, a fin de ajustar el precio. Al día siguiente, un camión de mudanzas aparcó sobre la acera y cuatro operarios lo llenaron hasta arriba de trastos inservibles. Un día más tarde, una cuadrilla de obreros empezó la rehabilitación del interior; se supone que cosa de paredes, electricidad y cañerías, además del solado, que habría de ocultar el cemento sobre el que el viejo Ponzano había vendido toda clase de vinos a granel. A la semana, el mismo camión de mudanzas de la primera vez abarrotó el local de muebles y otros enseres, mientras un rotulista escribía en el cristal de la puerta: «Antigüedades Christine».

Los mismos vecinos recuerdan que la pareja de extranjeros, la pareja de suecos como los llamaban, era bastante reservada. No rehuían el contacto con la gente, pero no se dejaban ver demasiado, quizás porque al principio desconocían el idioma. Lo que no entendía nadie era cómo el negocio seguía abierto porque no se le conocía clientela alguna. Durante mucho tiempo no salió de la tienda ninguno de los objetos que había entrado y los más atrevidos apostaban sobre el día en que verían colgado el cartel de «Se traspasa». Como tal cosa no ocurriera en los plazos previstos, se habló entonces, aunque sin disponer de ninguna prueba, de que el negocio de lo viejo tiene unos canales comerciales distintos a los demás, de manera que los suecos podían estar cerrando a diario grandes ventas sin necesidad de hacerlo a través de ese escaparate. Pero también se habló de que eran demasiado extraños y se barajó la posibilidad de que fueran millonarios extravagantes cuando no huidos de la justicia: el modo en que habían resuelto la compra del local, la celeridad de las gestiones y la aparente suficiencia con que llevaban su aislamiento hacían pensar en ese tipo de hipótesis.

La verdad es que si los vecinos supiesen cuánto se habían acercado a la realidad sus especulaciones sobre la vida de Inge se sorprenderían. El anticuario no era sueco, sino noruego, y se le conocía precisamente como Inge *el Noruego*. Había sido estudiante de Historia en la Universidad de Upsala, pero se retiró sin terminar, algún tiempo después de conocer a Christine. Christine era la propietaria de una galería de arte en la misma ciudad a la que Inge acudió una tarde de otoño de 1970, por curiosidad. La sala estaba vacía y marchante y universitario entablaron una conversación que se prolongó más allá de la hora del cierre, ya que cenaron juntos en un modesto restaurante de la ciudad. A lo largo de la charla, Christine se enteró de que Inge tenía una gran habilidad para el dibujo y que había recibido algunos cursos, más bien breves, sobre técnicas básicas de pintura. Cuando, días más tarde, Christine comprobó hasta dónde llegaba su destreza comprendió que se abría ante ellos un mundo lleno de posibilidades. Lo único que necesitaba era convencer a Inge de que se asociasen, algo que no le costó mucho, probablemente porque era muy atractiva y lo bastante astuta para saber presentar en bandeja de plata las ventajas de su propuesta.

Christine corrió con todos los gastos que conllevó la formación de Inge y supo exigirle suave, pero decididamente, una dedicación cada vez mayor en su nueva tarea. Le enseñó que pintar lo que otros han hecho antes no es un ejercicio despreciable para un espíritu que se está formando como artista. Por el contrario, ponerse en el lugar de Leonardo exige una disposición que no todos tienen y es un recurso extraordinario para comprender —¿qué puede ser más valioso para un aprendiz?— la mirada del artista consagrado. Tras un periodo de aprendizaje largo y a veces tedioso, Inge ejecutó, por fin, una copia de uno de los autorretratos de Rembrandt que Christine consideró que tenía suficiente calidad. Lo expuso en su galería a modo de prueba y lo vendió por una cantidad nada modesta, después de aparentar que se trataba de una prueba de autor que no estaba a disposición del público. Aquella primera venta significaba que la intuición de Christine había sido acertada y la galerista se dedicó desde entonces a procurar que Inge siguiera por ese camino y a vender todas sus obras entre un público bien situado, pero ni tan exquisito ni tan rico como para pagar una pieza original.

—Pero una imitación nunca valdrá lo que un original —protestaba Inge.

—Tus imitaciones tienen tanta calidad que valdrán, ya lo valen —subrayó—, más que los originales de muchos artistas modestos que creen que están a la altura de Münch.

—No me refiero al valor monetario, sino al valor inmaterial que tiene una obra de arte y que nadie atribuye a una copia.

—¿Quién ha dicho eso? Miguel Ángel imitó a Ghirlandaio para demostrar que era tan bueno como él, eso te lo tuvieron que enseñar en el primer curso de la facultad. Pero, además, falsificó y vendió como original un *Cupido dormido*... por cierto, sin decir ni pío sobre su autenticidad.

—No obstante...

—Y luego están los chascos y el cuento, del que en este mundo del arte sobra muchísimo. Un tal Bredius ponderó como la mejor obra de Vermeer un *Cristo ante Emaús* que luego resultó ser el trabajo de un copista llamado Meegeren. ¿De verdad que éste era peor que Vermeer si fue capaz de convencer a uno de los analistas más finos de la época?

Estos argumentos y la facilidad con que se vendían sus cuadros doblegaron la voluntad de Inge. El pintor, todavía joven, renunció a sus aspiraciones de ser un gran artista y se resignó a la idea de entregarse a perfeccionar su técnica de imitador.

Josef Volk era un empresario exageradamente rico y bastante despótico a quien le dio por coleccionar obras de arte a raíz de los elevados precios que se pagaron, años atrás, por ciertos cuadros de Van Gogh en algunas subastas. Pronto se enteró de que, en parte, ese valor tan disparatado se debía a la escasez de obras de los grandes pintores, ya que la mayoría de sus obras no estaban a disposición de los mercaderes, sino expuestas en los museos. Sus asesores le convencieron de que no merecía la pena dedicar su fortuna a hacer una colección de joyas imposibles. Le hicieron ver que sólo se podía tener *La Gioconda* si la robaba y que almacenar cuadros robados era un negocio dudoso y una pésima inversión en imagen, ya que no podría ni venderlos ni exponerlos en el salón de su casa. Sin embargo, no abandonó del todo su idea y así fue como alguien le puso sobre la pista de Inge y Christine que, por entonces, ya se habían casado. Vio algunos de sus trabajos y tuvo que admitir que lo que más se parecía a tener un cuadro de Leonardo era tener una pintura de Inge, así que entabló con ellos una intensa relación comercial. De hecho, su voracidad compradora hizo que, durante largas temporadas, Inge sólo trabajara para atender los pedidos de Volk.

Cada vez que recibía un encargo, Inge leía todo lo que encontraba sobre la obra y su autor, viajaba hasta el museo donde se hallaba el original y estudiaba durante jornadas enteras el modo en que había sido ejecutado. No sólo eso. A diferencia de la mayoría de quienes se dedican a lo mismo, fue capaz de especializarse en un amplio abanico de pintores y épocas, con especial predilección por el período comprendido entre los siglos XV y XVII. A veces se tomaba un descanso de algunas semanas para buscar materiales antiguos o para fabricarlos él mismo con el fin de que, llegado el caso, sus obras pudieran engañar a los modernos sistemas de detección. Sus investigaciones le llevaron a mejorar las técnicas de envejecimiento, a simplificarlas y a reducir el tiempo necesario para ejecutarlas. En cuanto a Christine, también disfrutaba con su tarea de intermediación entre Inge y los clientes (Volk, sobre todo), ejerciendo de turista que conocía las ciudades que visitaba con Inge y atendiendo a la gestión de su patrimonio, que se incrementó considerablemente a lo largo de la siguiente década. En cierta ocasión, Volk rompió la costumbre de hacerse visitar en su despacho por Christine y se presentó sin avisar en casa de los Olsen, que así se apellidaba el matrimonio.

—Inge, te voy a hacer un encargo muy especial. He cruzado una apuesta con un amigo que necesito ganar.

—¿De qué se trata?

—Le he dicho que he comprado un *rembrandt* y no se lo cree.

—¿Por qué?

—Porque dice que por el precio que he pagado me habrían vendido una falsificación.

—Los cuadros de ese pintor se pagan muy caros. ¿Cuánto has pagado por él?

—¡Nada! No tengo ningún *rembrandt.* Ése es el encargo. Necesito que me hagas uno que sea perfecto. Mi amigo contratará a un experto para examinar el cuadro que yo le muestre. Si su veredicto es favorable, te pagaré diez veces la tarifa habitual. ¿Aceptas?

—Lo que pides es casi imposible. Con el tiempo suficiente, cualquier experto...

—¿No me digas que no puedes hacerlo? —le interrumpió Volk, contrariado.

—Creo que no, pero, de todos modos, tendría que ver el original.

—Imposible. Es de una colección privada. Por eso «he podido» comprarlo, ¿entiendes?

—Pues sin ver el cuadro, el trabajo es todavía más difícil.

—Te haré llegar las mejores reproducciones que hayas visto nunca. Si quieres, una por cada centímetro cuadrado de lienzo.

Inge terminó cediendo a la presión de Volk y a una vocecilla interior que le animaba a someterse a una prueba tan difícil. Volk mostró su entusiasmo por la respuesta de Inge y se apresuró a cerrar los plazos. Cuando Inge hizo una estimación del tiempo que necesitaba, él se mostró seguro de poder convencer a su amigo de que el cuadro estaría hasta entonces en manos de un restaurador, y mecenas y copista quedaron emplazados en aquella fecha.

—¿Crees que ganaré la apuesta? —le preguntó el comerciante cuando Inge le hizo entrega del trabajo, algunas semanas más tarde.

—Estoy seguro de que superaría un examen químico que no fuera demasiado sofisticado. Dentro de algún tiempo —dijo, ufano—, espero poder mejorarlo todavía más.

—Magnífico. Tendrás noticias mías.

Casi un mes después, Inge recibió un sobre de contenido algo enigmático, ya que en su interior sólo había dos billetes de avión expedidos a nombre de Inge y Christine y sendas entradas para visitar el Rijksmuseum, el museo nacional holandés.

Los Olsen no supieron si se trataba de un regalo o de un encargo. Se decantaron por esto último, ya que, si hubiera sido un obsequio, hubieran recibido sólo los pasajes, y supusieron que al llegar a Ámsterdam tendrían más noticias, seguramente de Volk. No pasó así, sin embargo, y, una vez en el Rijks, comenzaron la visita por la gran sala de Rembrandt presidida por *La ronda de noche*.

—¿No querrá Volk que la copie? —sugirió Inge, señalando al fondo, donde un par de decenas de curiosos observaban el monumental lienzo.

—De momento, no hay señales de Volk. Vamos a echar un vistazo por si encontramos alguna pista.

Los Olsen empezaron a caminar buscando no sabían qué pero pronto se detuvieron, sin necesidad de intercambiar ninguna palabra, ante un cuadro no muy grande pero sí muy familiar. Cada uno lo examinó por su cuenta durante un par de minutos hasta que Christine rompió el silencio:

—¿Y bien?

—No lo sé. Estoy tan nervioso que no lo veo bien.

—Bien, entonces yo diré que me parece que es de Rembrandt; tranquilízate.

—Pero, ¿cómo es que tú no lo conocías? ¿Cómo es que no sabías que no pertenece a una colección particular? —protestó Inge—. Tú deberías haberlo sabido...

—Lo siento, de verdad. Ésta es una obra menor de Rembrandt. Una puede equivocarse...

El cuadro que estaban estudiando era, en efecto, el que Volk le había encargado a Inge con el pretexto de haber hecho una apuesta con un amigo. Los Olsen temían que Volk hubiese sustituido el original por la copia de Inge. El copista volvió a pedirle a su mujer que emitiera un nuevo veredicto, ya que al fin y al cabo era una experta, y como volviese a ser negativo, empezó a sentirse un poco menos excitado.

—De todos modos, eres tú quien debe mirarlo. Tú eres el que mejor conoce la pintura de Inge Olsen.

—Ya. Claro.

Hasta ese momento, Inge siempre estuvo seguro de que distinguiría de un vistazo un cuadro suyo de uno de Rembrandt, pero la realidad fue que para cerciorarse tuvo que observar la tela con una lupa como la de los relojeros, porque a simple vista no era capaz de pronunciarse. Temía levantar alguna sospecha entre los vigilantes porque no es normal un interés tan grande en un visitante medio, pero sólo así pudo tener la certeza de que aquel cuadro no lo había ejecutado Rembrandt, sino él mismo unas pocas semanas antes.

—Es el mío —le dijo a Christine al oído, otra vez azorado como un chiquillo—. ¿Qué hacemos ahora?

—Nada. Disfrutaremos de tu éxito —contestó Christine, que ya se había dado cuenta de la impostura.

—¿Mi éxito? ¡Esto es un delito!

—Volk es el delincuente. Tú eres un artista capaz de codearse con los mejores de la Historia —dijo.

Y la sentencia sonó como una fanfarria en un festival de gala.

Ahora, en su tallercito del casco antiguo de Madrid, Christine volvió a recordar la escena con la sonrisa aquiescente de Inge.

—Nos quedamos —comentaba— en la sala más de dos horas y nos turnábamos para espiar con disimulo a los visitantes que se fijaban en el cuadro. Sabíamos de sobra que sólo un gran experto que lo mirase cuidadosamente podría descubrir el engaño pero, aún así, nos producía una peculiar satisfacción que todo el mundo diese por bueno que estaba viendo lo que el cartelito decía. ¿Te acuerdas la de «hurras» que susurramos? ¡Uno por cada persona que entró en la sala en aquellas dos horas!

—Llevas razón. Aquél fue un día inolvidable.

Como no era una de las grandes obras de Rembrandt, podrían pasar decenios antes de que se descubriese que no era la original. Quizás no se descubriera nunca...

Ni Volk ni los Olsen dijeron nunca nada sobre este particular negocio. El empresario lo dio por zanjado llevándolos hasta el Rijks y ellos comprendieron que el buen entendimiento con Volk exigía mantener una discreción exquisita. Volk continuó haciendo encargos a Inge y esto le obligaba a trasladarse con frecuencia a nuevas ciudades en donde alquilaba un apartamento discreto, pero siempre bien iluminado y adonde se hacía llevar su costosa impedimenta, que muchas veces viajaba en un medio de transporte distinto del suyo. Fueron más de veinte los pedidos que recibió Inge, si bien Christine está segura de que sólo diez, quizás once, imposible más de doce, siguieron el mismo destino que el primero. Del resto, Volk se quedó con la copia perfecta de Inge y mantuvo en los museos las piezas originales, porque suplantarlas habría sido demasiado imprudente. De todos modos, Christine llegó a sospechar que, en alguno de estos casos, Volk consiguió hacer un doble cambio y exponer al público la copia durante algunos días. Y es que, mientras Inge pintaba, ella alcanzó a conocer la personalidad de Volk como el policía al asesino que persigue durante meses. Christine se dedicó a desentrañar el sistema que Volk utilizaba para que sus hombres entraran y salieran de los museos con aparente facilidad y así comprendió que para Volk no era de importancia menor poder colgarse la medalla de haber entrado dos veces en el Prado, una para suplantar un cuadro y otra para restituirlo. Christine espió la casa de Volk, esperó en la calle, contrató colaboradores que no sabían para qué hacían lo que se les pedía, repartió grandes propinas, analizó museos, indagó sobre la vida de las personas que trabajaban en ellos y finalmente llegó a saber tanto sobre Volk que no fue casualidad que estuviese aquella noche dentro de un coche junto al número 12 de la rue Cortot, cerca, por tanto, del Museo de Montmatre, en París.

Todavía no era la una de la madrugada cuando, con toda naturalidad, la puerta principal del museo se abrió para permitir el paso a dos personas, una de las cuales llevaba un bulto que ni siquiera disimulaba su contenido: un cuadro de setenta por sesenta más el marco que Inge había terminado de copiar unas semanas antes. «Te pillé», dijo Christine y apuntó con los dedos hacia los operarios de Volk como si su mano fuese una pistola. Pero la sonrisa se le truncó pronto porque la policía también estaba al tanto de lo que iba a ocurrir y, en un momento, la calle se llenó de las luces de alerta de una docena de coches de la policía salidos de la nada.

Christine abandonó las cercanías del museo precipitadamente, aunque sin llamar la atención, y corrió a rescatar a Inge, que permanecía ajeno a todo aquel espionaje. Christine le contó a trompicones lo que había ocurrido y salieron por pies del apartamento dejando un rastro de su paso tan obvio como superfluo. Llegaron al aeropuerto y consultaron en el tablero de salidas cuál era la inmediata. A esas horas, a la inmediata le quedaban cuarenta y cinco minutos para despegar y lo haría con destino a Ciudad del Cabo. Aquello estaba demasiado lejos, se dijeron, viendo de pronto que se les derrumbaba todo lo que habían edificado a lo largo de su vida en común. Recurrieron al optimismo para suponer que si disponían de cuarenta y cinco minutos también dispondrían de media hora más y sacaron dos billetes para el primer destino apetecible, que era Nueva York. Sin embargo, su suerte estaba echada desde antes y sólo hubiesen podido escapar si se hubiesen colgado de las alas del avión que sobrevoló sus cabezas cuando aparcaban el coche en el aeropuerto. La policía los detuvo después de que se tomaran un café porque antes los agentes, que les pisaban los talones desde hacía más de un año, quisieron tener los resguardos de sus billetes como una prueba —innecesaria por lo demás— a la hora del juicio.

Aunque no hubo juicio sino sólo su amenaza. La Interpol prefirió extorsionarles prometiéndoles una libertad —que estaría sutilmente vigilada para que no volvieran a las andadas— a cambio de que confirmasen su participación en la falsificación de ocho cuadros e inculpasen a Volk como responsable de todas ellas. Los Olsen fueron leales a la Interpol al acceder a sus sugerencias y también lo fueron con Volk al olvidarse de contar nada acerca de la lista de obras falsas que había colocado y que era mayor según las estimaciones de Christine. Este gesto fue inútil porque Volk lo confesó algunos años más tarde a cambio de ser puesto en libertad mucho antes de lo previsto, de manera que los museos donde Inge creía tener obra propia repusieron todos los originales y mandaron a la hoguera las piezas de Inge. Lo más importante era que desde entonces estaban condenados a vivir casi como prófugos de la justicia. Sin duda, tendrían que marcharse de Noruega porque ese tipo de cosas terminan sabiéndose en el mundillo que frecuentaban y serían condenados por sus antiguos amigos al más severo ostracismo. Pero, además, allá donde fuesen la policía recibiría un informe de su «peligrosidad» y nunca sabrían qué vecino, qué amigo, qué cliente, qué jefe o qué empleado sería un espía a su servicio.

—Bien se nos complicaron las cosas —resumió Inge, mientras se acercaba a la tabla y comprobaba que estaba seca y preparada para ser pintada.

—Por cierto —empezó a preguntar, como a vuela pluma—, tú crees que este encargo es de Volk, ¿verdad?, y también eso te tiene más cohibido.

—Es que no creo que pueda ser otra persona. No sé de nadie más que pudiera venir ahora con esto. Además, si recuerdas, el tipo que habló con nosotros traía las palabras aprendidas de memoria. El encargo no era cosa suya.

—¿Y si no lo haces y nos vamos de aquí?

—¿Marcharnos otra vez? No, desde luego que no. Aquí se vive muy bien —bromeó—, me gusta tomar el sol en las terrazas de la Plaza Mayor. Yo ya no me muevo de aquí.

—¿Quieres que llamemos a la policía?

—¿Quién te dice que Volk está en España? Vete a saber desde dónde está manejando esta historia. Y además tenemos que pensar en lo que podría pasar si se enterase de que nos ha faltado tiempo para ir a la policía. Seguro que está resentido y este encargo puede ser una trampa... yo qué sé.

—Pues tendremos que pensar en algo para que esto no signifique la repetición de todo aquello. O Volk o nosotros.

—Eso es cosa tuya. Yo tengo bastante con pintar.

LA CITA A CIEGAS DE CHRISTINE OLSEN

El volkswagen escarabajo color verde encabezaba la cola de vehículos que esperaban que el semáforo les dejara pasar. Al otro lado del cruce, algunas mujeres vendían flores en puestos ambulantes: el último reclamo para los que acudían al cementerio sin nada que dejar sobre la lápida. Al llegar a la puerta del camposanto, la carretera seguía hacia la derecha en una leve ascensión que terminaba cerca de un almacén. Más adelante, el coche circulaba entre talleres y almacenes de ropa. Los muros de la antigua cárcel clausurada en 1998, dominaban el panorama que ofrecía el singular barrio. El vehículo aparcó junto a la cárcel de Carabanchel. Caía la tarde y la silueta cilíndrica de las garitas se recortaba, tétrica, contra el cielo blanquinoso. Un hombre salió de algún entrante abierto en el paramento del presidio. Se cubría la cabeza con un gorro de lana azul marino, vestía un abrigo corto y guardaba las manos en los bolsillos, diríase que para enroscarse sobre sí como un caracol más que para protegerse del frío. Se acercó al coche y entró por la puerta del pasajero. El volkswagen arrancó con su cantinela de motor antiguo.

Dentro, sólo hubo un saludo protocolario.

—¿Cómo está, señora? —preguntó el recién llegado.

Se adivinaba que debajo del gorro no había demasiado cabello y que fumaba fuera de toda prudencia: los pelos encanecidos del centro del bigote eran pardos a causa del alquitrán y la nicotina.

—Bien, muchas gracias.

Christine contestó con un tono de voz neutro. Luego aparcó el coche en una cuesta abajo, detrás de una furgoneta. Al otro lado de la acera, en el poblado de chabolas, empezaban a encenderse pequeñas bombillas. Electrodomésticos usados y otros retales de la civilización los miraban. Dos chiquillos corrían la voz y buscaban un sitio para observar discretamente, por si dentro del vehículo ocurría algo que no debieran perderse.

—Aunque no es lo más importante, tengo que decirle que esta conversación no podrá durar más de cinco minutos. Comprenda que debo tomar precauciones.

—Lo comprendo, y le aseguro que no tiene por qué preocuparse de mí. También tengo prisa... digámoslo así. Creo que estoy en presencia de un auténtico príncipe en su profesión, Lástima que no se vendan entradas para asistir a sus actuaciones.

El invitado sonrió, sin entender muy bien si lo que le decía aquella extranjera era un cumplido o un insulto.

—Tengo mi fama —dijo—. En fin, usted dirá de qué se trata.

—Verá. Necesito una persona que pueda hacer un trabajo difícil.

Con la mirada, el hombre la animaba a continuar.

—Tendrá que trabajar en un sitio público y hacerlo con un material muy delicado y absolutamente insustituible —Christine subrayó el adverbio arrastrando su mano de izquierda a derecha casi hasta tocar a su contacto.

—Mire, o me da más datos o le mando a un pastelero que es capaz de manejar la nata montada como si fuera besamel.

—La verdad es que no quisiera darle demasiados datos.

—Ya. Por si acaso aviso a la policía, ¿no? ¿O es por si me adelanto y doy el golpe yo solo?

Christine comprendió que estaba haciendo el ridículo y, aunque a trancas y barrancas, terminó por darle a aquel sujeto la información que necesitaba. No obstante, haberse expuesto de esa manera le costó tener un montón de pesadillas en las semanas siguientes, y es que una cosa era imaginar que contrataba a un rufián y otra ponerse en sus manos revelándole todas sus intenciones. También se habló del asunto del dinero. El sujeto le pidió doce mil euros, que podrían ser más si surgían dificultades de última hora («Eso qué quiere decir», «Pues lo que dice la palabra: dificultades, problemas con los que no contamos», «¿Y cuándo lo sabré yo?», «Lo sabrá, por ese lado esté tranquila»), pero Christine ni quiso ni se atrevió a regatear después de que la primera parte del peculiar contrato se había dado por cerrada.

Lo único que Christine logró imponer fue la necesidad de conocer a la persona que iba a hacer el trabajo porque no se fiaba de cualquiera. Si no le gustaba quien le llevase, tendría que buscar una segunda o una tercera persona. El intermediario consideraba que aquello era una extravagancia de la extranjera.

—No sé qué es lo que cree que está contratando, pero este trabajo tiene sus reglas y sus manitas. ¿Piensa que puedo ir a la oficina del paro y llamar a los que estén buscando un sueldo...?

—Yo no le he discutido el precio y usted no puede discutirme la única condición que le pongo.

—En fin, dejémoslo así de momento. Pero ya le digo que más le vale no ser demasiado exquisita. En asuntos como éstos, hay lo que hay...

Christine acercó a su pasajero a la parada de un autobús, se despidió sin amabilidad y encaminó su viejo escarabajo verde hasta el taller, donde Inge, ajeno a lo que su mujer llevaba entre manos, la esperaba para salir a cenar: era su cumpleaños.

SAÚL ENTRA EN LA VIDA DE SUSAN

La tarde del sábado me dio por volver al Thyssen.

Parece que te estoy viendo: «¿Es que no tenías un sitio mejor al que ir? —me estarás recriminando—. ¿No serás una de esas empollonas que disfrutan haciéndole la rosca a la profesora?». Pues no. La respuesta es que ni soy una de ésas ni tenía ningún sitio mejor al que ir. Más exactamente: ningún sitio me parecía mejor que aquél para estar hasta las siete. Después, el museo cierra y me quedaba el resto de la tarde para estar con la pandilla.

Así que me fui. Saqué mi entrada y la guardé en el bolsillo del pantalón para dársela a mi hermano porque participa en no sé qué concurso que le premian por mandar entradas de museos, conciertos y otras actividades del estilo. Subí a la segunda planta y fui directa a ver *La Anunciación*. Creo que es la primera vez que he ido a un museo sola y no he coincidido con excursiones de estudiantes, así que esa tarde me hice una idea del tipo de gente que emplea su tiempo en esas visitas. Muchos son extranjeros, personas que peinan canas y visten ropas informales; abundan las mujeres jóvenes un poco estrafalarias que acuden por parejas; de vez en cuando se ve a alguien solo, con las manos en la espalda, paseando como si fuera por los escaparates de Serrano. También vi a dos chicos acompañados por sus padres que rellenaban una especie de cuadernillo que les pedía que buscasen una calavera o un ojo en un imperdible; a un par de matrimonios que hablaban en catalán; y a un novio que descuidaba a su chica por atender a un flamenco desconocido. Había de todo y bastante más gente de la que esperaba encontrar.

Con ese panorama estaba segura de que *mi* cuadro estaría ocupado y casi corrí hacia él como si fuese a perder un tren. Y así fue. Quiero decir que sí había alguien delante de él y que eso me molestó mucho, de una forma estúpida pero cierta. Hoy sé que *La Anunciación* es la pintura más importante de aquella sala, pero entonces lo ignoraba y me pareció que había que tener muy mala idea para pararse justo donde quería detenerme yo. Dirás que soy una exagerada porque todo era cuestión de esperar unos instantes hasta que esa persona se marchase, pero las cosas no fueron tan sencillas. Lo primero que hice fue eso, remolonear delante de otros cuadros. Pasados esos segundos que tú supones, miré hacia *mi* cuadro y aquel tipo continuaba allí, inmóvil como una estatua. Di otra vuelta por los alrededores y me asomé de nuevo: nada, allí estaba el pasmarote. Si no fuera porque estaba de pie y seguía sin desmoronarse, hubiera asegurado que se había convertido en una estatua de sal. Decidí entonces que el mundo no era tan pequeño como para que no cupiésemos los dos y me acerqué hasta colocarme a su derecha. O, mejor, intenté hacerlo, porque en ese momento se movió hacia el mismo lado y me dio uno de esos empujones con pisotón a modo de propina que te dan ganas de soltar la mano y pille a quien pille.

—¡Joder! —exclamé.

—¡Perdón, perdón! —se apresuró a decirme.

—¡Joder! —repetí.

—Lo siento —volvió a disculparse.

Me cogió del brazo y me atrajo hacia sí con firmeza pero, a la vez, con suavidad.

Cuando lo miré de cerca, le perdoné enseguida. Era un chico de dieciocho-veinte, más bien lo segundo. Guapo y no digo más. Ojos negros, pelo rizado, piel bronceada en las puertas del invierno. Y la voz: ¡qué voz! Profunda, como si le saliese del estómago, y pausada, serena, amable, tranquilizadora; la voz de un hombre con experiencia, no ese habla atropellada de los mocosos que te han visto en la disco y se acercan a ver si es el día que les va a tocar la lotería, ni la descascarillada de los que van de machos y te hablan a medias, entre tacos y risotadas tontas.

En fin, que acepté sus disculpas sonriendo como una tonta y diciéndole que no tenía importancia.

—¿Querías ver el díptico?

—¿El qué? —dije, todavía turbada por los acontecimientos—. ¡Ah, sí, sí; eso es lo que quería! —añadí.

—Es una obra magnífica. ¿La habías visto antes?

—Sí —dije orgullosa—. Vine el martes y me gustó tanto que he decidido volver hoy.

—Pues entonces me voy, no quiero molestarte.

—¡No, por favor! —me lancé detrás de él como leona tras cervato—; hay sitio para los dos.

Él me miró a los ojos hasta conseguir que me pusiera colorada: o sea, un nanosegundo.

—Bueno, si no te importa... A mí también me gusta mucho.

—Es de Van Eyck, ¿lo sabías?

—Sí —contestó, sin poder evitar un pelín de condescendencia.

—¡Qué tonterías digo! Si no lo supieses, no estarías aquí.

—La verdad es que este cuadro me interesa mucho.

—¿De verdad?

—¿Sabes cuándo se pintó?

—Lo pone ahí —dije, señalando la plaquita de la derecha.

—Ahí dice que entre 1435 y 1441. La fecha exacta no la sabe nadie, pero te puedo asegurar que fue en 1437.

Si te soy sincera, te diré que aquello me pareció un poco fatuo, pero no iba a reprochárselo con lo guapo que era.

—¿Y cómo lo sabes tú? —le pregunté con curiosidad.

—Sin embargo, el misterio mayor de todos es el de los rostros de los personajes —dijo, sin contestarme—. Sobre todo, el de la Virgen.

—¿Has dicho misterio?

—¿Te gustaría conocerlo?

—Si lo sabes como sabes la fecha... —me aventuré a ser un poco impertinente.

—Con detalle, te lo aseguro.

—Pues entonces, te escucho.

—Cada cosa a su tiempo. Fíjate en sus manos, hazme el favor —dijo, cambiando otra vez de tema.

—¿Cómo dices?

Sin contestar, cogió mi mano cruzando mis dedos con los suyos, igual que si nos conociéramos de toda la vida, y me atrajo hacia el cuadro.

—Míralas: ¡qué prodigio de belleza! ¿Has visto algunas manos más bonitas? ¡No! —descartó de inmediato la posibilidad—. No existen manos tan bellas como ésas.

Levantó la mía, la que tenía sujeta, y la tomó con su otra mano convirtiéndola en el contenido de un peculiar bocadillo. A continuación, la aproximó casi hasta el mismo cuadro y miró alternativamente a la una y a la otra.

—Asombroso —dijo un instante después, con voz queda.

—¿Qué es asombroso?

—No te estás fijando. Tu mano es bellísima. Casi tanto como la de la Virgen. Si te hubiese pintado Van Eyck, podrías ser la dueña de esa mano. ¿Te das cuenta?

Nunca me habían dicho algo tan bonito. Cuando se lo conté a Nerea, me dijo que le parecía una pedantería, pero eso es porque no estuvo allí. Era increíble la delicadeza con que mantenía mi mano entre las suyas, cómo su voz se hizo acariciadora, qué ternura había en sus ojos cuando miraba mis dedos. Yo me había quedado sin palabras. Y no encontraba demasiada semejanza entre mis manos y las del cuadro, pero aquel chico ¡parecía tan sincero!

—No sé —le dije, como pude—, quizás me falta sensibilidad.

Entonces me miró a los ojos y sonrió mostrando unos dientes blanquísimos, como recién estrenados.

—Noooo. Todos tenemos la sensibilidad necesaria. Y tú —y ese *tú* lo dijo de una manera especial, haciéndome sentir importante—, tú la tienes más que nadie. Pero la ocultas.

—¿Cómo lo sabes?

—La ocultas. Hoy todo el mundo la oculta, como si fuese un pecado disfrutar de lo bello. La gente prefiere lo procaz; como mucho, se deja llevar por lo eficiente. Hoy el milagro reside en que con un ordenador puedas intercambiar alguna estupidez con alguien que está en Japón, cuando lo verdaderamente milagroso sigue estando en la belleza, en esas manos, en ese rostro...

Te prometo que no sé a qué rostro se refería. Lo lógico era que estuviese hablando del rostro de la Virgen, pero no estoy segura. Por un momento, me sentí aludida y me abrumó su severidad.

—No sé.... —balbuceé, acomplejada—. A mí lo que me llama la atención —dije, tratando de salir de un trance que me colocaba en una clara posición de desventaja— es cómo consigue que dudemos si es una pintura o una escultura.

—Maravilloso, ¿verdad? Van Eyck fue el mejor pintor de su tiempo.

—Me lo creo. No hay más que ver lo que tenemos alrededor.

El chico sonrió.

—Esto es sólo una parte insignificante de lo que se hacía entonces. Muchos pintores hacían cuadros que te gustarían más que éstos. El hermano de Van Eyck también fue grande. Y hubo otros que rozaron la perfección, pero ninguno la logró como él. Siguiendo sus instrucciones, alguien de su taller podía hacer un buen cuadro, pero ninguno era como una obra del maestro.

—Supongo que estudias Historia del Arte...

—¡No! —dijo, sorprendido—. ¿Por qué piensas eso?

—Me parece evidente —añadí con desdén.

—Pues no estudio nada. Lo considero una pérdida de tiempo.

—No me lo creo.

—Es la verdad. La verdad es que no encuentro nada que me interese.

—Si te digo la verdad, creo que todo eso es un poco de pose. Seguro que estás en Bellas Artes o algo así.

—Te prometo que no soy lo que te parezco —dijo.

Entonces me miró por primera vez de esa forma suya especial, tan poderosa, que luego le vi en ocasiones mucho más difíciles.

—Es verdad —continuó— que no me interesa estudiar nada. ¿Construir puentes? ¿Fabricar máquinas? ¿Llevar las cuentas de una empresa? ¿Aprender leyes para defender a criminales o para encarcelarlos? Nada comparable con ese cabello, con ese ropaje... —dijo, mirando de nuevo el díptico.

—¡Pero sí estás aprendiendo a pintar! ¡Eso no lo puedes negar!

—Que no —dijo, sonriendo como se sonríe a un niño—, que no estudio nada. ¿Realmente crees que se puede aprender a pintar de esa manera?

—No sé. Suponía que sí. O que no, no lo sé —contesté, confusa.

Quizás pensaba que aquello era una mezcla de técnica, habilidad y constancia, pero no se lo conté en ese momento.

Todavía hablamos durante algunos minutos de *La Anunciación* y, después, salimos a la calle. Me debatía entre seguir con él o poner una excusa y marcharme con mi gente si me preguntaba qué iba a hacer el resto de la tarde. Por una parte, me había parecido que era un chico con demasiadas ganas de epatar pero, por otra, era el más atractivo que había visto desde mi primera comunión y sólo pensar que podía marcharse sin más o que la novia pudiera estar esperándolo en la puerta me producía la misma sensación que si me hiciesen el vacío con una goma de desatascar lavabos.

Sin embargo, las cosas ocurrieron con naturalidad. Ninguno de los dos dijo nada y, simplemente, salimos al Paseo del Prado y caminamos hacia la Puerta del Sol subiendo por la acera de las Cortes. A las amigas decidí mantenerlas en ayunas porque no quería interrumpir la charla para escribir un mensajito: «Perdona, es que les estoy diciendo a éstas que no me esperen porque he ligado». En fin, andando el tiempo, tomamos una hamburguesa, dimos una vuelta por la FNAC y terminamos en un cine de la Gran Vía. ¿Que cómo se dio? Pues quitando que se llamaba Saúl y que me dieron ganas de conocer a sus padres para partirles la cara por haberle puesto semejante nombre, todo fue mejor que sobre ruedas. Saúl era ocurrente, siempre hablaba con criterio, no dijo en toda la tarde: «Bueno, tú dirás», «Se está poniendo fresco el día» o «Hacemos lo que quieras». En Callao, unos sudamericanos tocaban sus flautas y nos sentamos en el suelo mientras interpretaban cuatro o cinco piezas. Después, la gente aplaudió y algunos echaron monedas en la funda de una guitarra. Saúl se levantó, se acercó hasta uno de los músicos y le pidió que le dejara utilizar el instrumento. Me di cuenta entonces de que era difícil decirle que no cuando te pedía algo. El músico ni siquiera vaciló y todavía recuerdo la cara de sorpresa que puso cuando Saúl se arrancó a interpretar una melodía andina como si estuviera recién llegado del Titicaca. El grupo se le unió y durante esos minutos Saúl fue uno más de ellos.

—¿Cuándo has aprendido a tocar así? —le pregunté, sin ocultar mi admiración.

—He tenido mucho tiempo libre. No tiene mérito.

Le adjudiqué un nuevo pecado venial, el de la falsa modestia, y me dejé llevar hasta la sección de poesía de la FNAC, donde yo nunca había puesto los pies. Saúl localizó un libro, lo abrió por una página que pareció elegir al azar y empezó a declamar algo en voz no muy alta pero tampoco muy baja. Era como si quisiera halagarme mostrando a los demás que me estaba recitando un poema, aunque cuando me vio muy turbada porque alguien nos miró con descaro giró sobre sus talones y continuó leyendo en otra dirección como si fuera un actor contratado por el establecimiento o un loco enamorado de la poesía. Los versos, que aún pudo terminar de leer mientras me miraba a los ojos, decían así:

Ésta es la mujer mía. No, no hay otra
tan completa cual ella. Es una lástima
que no encuentren ustedes otra igual.
Pueden acariciarla con los ojos.
Ésta es la mujer mía. Pueden verla,
no tengan pena, de perfil, de frente.
Pueden acariciarla con los ojos.
Es hermosa, ¿verdad? Todos lo dicen.
Ella también lo sabe. Es muy hermosa.
Mírenla de perfil, de frente. Desde
la uña del pie al cabello es muy hermosa.
Hasta los automóviles más caros
frenan para admirarla cuando pasa.
Vean a las demás. Se han vuelto feas
cuando ha entrado en el bar ella conmigo.

El libro es de un poeta que yo nunca había oído antes, un tal Fonollosa. Saúl hizo trampa porque recitó el poema en el orden que le pareció y, además, te advierto que tiene algunas poesías algo subidas de tono y dice algunas cosas que le discutiría si me lo echase a la cara, pero el resultado aquella tarde, rodeados de gente que nos miraba con disimulo, fue magnífico. Saúl me hizo sentir como una princesa de cuento, incluso sabiendo que sólo hacía teatro, y acentuó mi curiosidad por averiguar de dónde había salido un tipo tan extravagante.

En fin, me regaló el libro, escribió, en la página de ese poema, una dedicatoria que entonces no entendí —«Es verdad que no hay otra; ignoras, inocente, el tiempo que ha pasado, pero tus manos siguen aquí»— y fuimos al cine a ver una película policíaca, un *thriller*.

Cuando salimos, Saúl me preguntó de cuánto tiempo disponía y le dije que del justo para que un taxi me llevara a casa. Indicó a uno que se acercara a la acera, abrió la puerta, me cedió el paso y la cerró detrás de mí. Me sonrió, me dedicó una reverencia sutil y yo le di al taxista mi dirección mientras esperaba que Saúl entrase por la otra puerta. Pero no lo hizo. Cuando el conductor se disponía a arrancar, Saúl no estaba ni cerca ni lejos del coche. Le pedí que esperase un momento y salí del coche pero no lo vi, ni siquiera subiéndome a una valla. Entré de nuevo en el taxi, que empezó a circular, y todavía lo busqué, calle adelante, el trecho que abarcan cuatro o cinco semáforos. Confundida por el modo en que había desaparecido, me reí de mí misma cuando, no hacía ni media hora, había decidido que, pese a que era un fanfarrón de tomo y lomo, merecía la pena dejarse embaucar siquiera durante algunos días.

Abrí el libro y releí la dedicatoria.

EL ENCARGO DEL MERCADER MÖSS

«No me acostumbraré a este frío ni aunque viva aquí mil años», refunfuñó Gracián mientras bajaba al estudio, envuelto en dos jubones y una manta. La palmatoria arrojaba sombras sobre las paredes en las que creía distinguir los restos de su último sueño que acudían a despedirle. Toda la casa olía a tintes, barnices y otros aromas igual de penetrantes, pero la costumbre hacía que no se percibiese en ninguna de las habitaciones, excepto en las proximidades del estudio, cuyas grandes puertas de madera de roble sudaban el olor y, a veces, diríase que la propia sustancia. Abrió esas puertas y se dirigió, a oscuras, hasta los ventanales. Descorrió las gruesas cortinas de terciopelo granate pero apenas notó cambio alguno, salvo una cuadrícula de penumbra que se posó en el suelo de barro como una alfombra leve. «Aquí no termina de amanecer nunca», volvió a protestar, y se dedicó a pasear por la estancia para entrar en calor.

Cuando empezó a trabajar en el taller, se calentaba frotándose las manos porque temía tropezar con algo y romperlo, lo que hubiese sido terrible para un aprendiz que recibía el encargo de colocarlo todo; además le sorprendía que un taller de pintura albergase tantas herramientas de las que tan pocas eran brochas y pinceles. Allí encontró ollas para cocer aceite, barricas llenas de linaza y de nuez, aunque también con un poco de adormidera; morteros y almireces para moler los minerales (oropimente, alcaparrosa, ocre, almagra, carmín...), lebrillos para almacenar los colores; estantes para los minerales y para las brazadas de lavanda, de lentisco, de romero, de ruda, para los brazos de nopal; envases para el ámbar y otras resinas, frascos para la trementina y otros disolventes, para los barnices; abrasivos: lijas, piedra pómez; barricas de agua con yeso, con cal, con trozos de carbón, casi lo único que le resultaba familiar. Allí había hachuelas afiladísimas y de distintos tamaños para cortar la madera, colas de diversa composición y olor, espátulas, martillos, tenazas, hornillos para cocer las mezclas. El día que entró en el taller, se preguntó si no estaba en el de un nigromante empeñado en fabricar pócimas terribles. Nada de aquello, en fin, tenía que ver con su afición a dibujar figuras con trozos de carbón. Aquél era un oficio con demasiado que aprender para un chico que nunca había prestado atención a otra cosa que al vuelo hambriento de las gaviotas y al vagar caprichoso de las olas. Estaba convencido de que fracasaría y de que su padre, decepcionado por su falta de ahínco, lo aborrecería y sólo por obligación accedería a tenerlo a su lado.

Pero había pasado mucho tiempo y ahora Gracián sonreía cuando recordaba el temor primero a ser rechazado por los otros aprendices y el mucho más poderoso a que el maestro lo despreciase y lo enviase de vuelta a la casa de su padre.

Esa mañana colocaría cada objeto en su sitio por el placer de hacerlo. Él mismo le había dicho a Gustav, el aprendiz, que acudiese un poco más tarde. Era un día importante y quería empezar a saborearlo a solas, incluso en medio de ese frío que odiaría toda su vida. Después llegarían los demás y entonces tendría que hablar con cada cual. A los aprendices, repetirles que la paciencia es la principal y primera virtud del pintor. No puede obtenerse un bonito color verde digno de la mejor familia noble deshaciendo con indolencia el verde montaña. Incluso en un caso como ése, en el que parecería que el resultado sólo puede ser bueno aunque no se preste la atención adecuada, obtendremos un verde terroso y sin brillo, más próximo al ocre que al verde, que es el color menos querido incluso por la gente del común, les diría. Después hablaría con los oficiales y especialmente con Petrus que, bien lo sabía, aspiraba a superarlo en la simpatía del maestro. Pero Petrus debía ser más exigente con las veladuras. El óleo es la pintura más versátil que se conoce y nuestro maestro Jan la ha perfeccionado hasta extremos desconocidos. Ni los alemanes, que lo utilizan desde hace tanto tiempo, ni los italianos, que no lo necesitan tanto por tener un clima menos húmedo que el nuestro y que a veces renuncian a él porque el aceite de oliva, que es el que ellos más a mano tienen, es sustancia imposible de secar, ni alemanes ni italianos, le repetiría, han conseguido aproximarse al modo en que nuestro maestro ha logrado colores, gradaciones y brillos. Pero, amigo Petrus, una vez descubierto el secreto, el milagro no se produce por sí mismo, y si queremos el mejor resultado, habremos de poner idéntica atención en el trabajo. El maestro, Petrus querido, no está satisfecho con la calidad de tus últimas veladuras, y me encarga que te pida que reflexiones sobre todos los pasos que te ha enseñado, y que si en algo dudas me lo preguntes y entre ambos discutamos cuál ha de ser el medio para que llevemos a buen puerto nuestra faena. Con esto, Gracián esperaba que también Rugero se diese por informado de que el maestro les exigía a ambos mayor esfuerzo y pensaba dar por finalizada su conversación con los oficiales. Después vendría Roger el carpintero con el nuevo pedido de madera y tendría que calibrar la calidad de lo que le ofrecería. Roger sabía que había que cortar el tronco en sentido radial para evitar que las contracciones y dilataciones de la madera terminasen por alabear la tabla compuesta para la pintura, pero era tarea suya supervisar que Roger había actuado de acuerdo con su ciencia y no con la conveniencia que podrían haberle dictado las circunstancias.

En esas tareas transcurriría la mañana mientras el maestro se entrevistaba con el duque Felipe, que había mandado llamarlo el día anterior después de que regresara de su última embajada o de su última batalla, que de esto Gracián no quería entender. El caso es que el duque vendría con cien ideas que querría compartir con Jan. Gracián a veces se los imaginaba. Había visto al duque en varias ocasiones, pero sólo podía recordarlo de una manera: montado en su caballo y vistiendo aquella enorme capa de color negro azabache que le cubría desde los hombros hasta el suelo y que ocultaba la grupa del animal. Ese día, el duque se paró frente a la casa de Jan, y Gracián alcanzó a verlo tras la ventana y se quedó impresionado de su porte caballeresco, de la autoridad con que obligaba a la bestia a obedecerle mientras hablaba con su maestro, que le escuchaba desde el umbral, de su perfil de hombre principal, de la humildad con que le miraban todos los que le rodeaban. Veía, pues, a don Felipe y a su maestro en la cámara del primero y se enorgullecía de que su maestro fuera convocado a habitación tan particular y de que su opinión fuera tenida en cuenta por el señor de los borgoñones. Esa mañana, cuando terminase la audiencia del duque, Jan llegaría al taller y entonces se produciría el gran acontecimiento que Gracián esperaba, ya que el mismísimo maestro le había insinuado el día anterior que hablarían de cómo afrontar el encargo del mercader Möss.

¡Discutir con el maestro el plan de una obra! Eso sí que llenaba todo un día. ¿Un día sólo? Mucho más. Ésa era la mejor noticia desde que había llegado a esa ciudad húmeda y sombría. ¡Eso daba sentido a lo bueno y a lo malo que le había ocurrido desde que se marchase de Valencia! A todo. No quería hacerse ilusiones demasiado grandes, pero quizás el maestro planeaba que él fuese su sucesor al frente del taller. Todavía no era un anciano, pero ya había cumplido los cuarenta años y quizás le pareciese prudente empezar a manifestar algunas de sus intenciones al respecto.

Möss era uno de los comerciantes más importantes de la colonia hanseática, la más numerosa, por lo demás, de toda Brujas. Hacía más de quince años que se había instalado allí y su negocio, relacionado con las sedas y otros tejidos de lujo, era tan próspero que había decidido quedarse para siempre. Anunció su visita al taller de Van Eyck con diez días de antelación, los que mediaban entre la visita de su sirviente y el tiempo que él iba a necesitar para cerrar unos negocios en Amberes. La víspera del día señalado, volvió a enviar al mismo sirviente para informar a Van Eyck que esperaba ser recibido en la segunda hora de la tarde y el pintor confirmó que estaría esperándolo. Una vez en su taller, Van Eyck le hizo saber que no le hubiese importado acudir a su casa para evitarle la incomodidad del paseo, pero Möss le dijo que sentía verdadera curiosidad por conocer el lugar donde trabajaba un hombre de tan justa fama.

—Sois muy amable, señor, pero, como podéis comprobar, esto es sólo un lugar lleno de herramientas.

—De todos modos, me gusta pasear junto al río e intuyó —dijo, asomándose a uno de los ventanales— que vuestros gustos deben de ser en este punto similares a los míos, ya que tenéis unas hermosas vistas sobre él.

Van Eyck se permitió una broma, referida a Gracián, que permanecía en un segundo plano, siguiendo la conversación entre su maestro y el posible cliente.

—Decídselo a mi oficial. Desde que vino de Valencia, va para siete años, no hay día que no se queje del frío que hace aquí y del que dice que, de propina, envía ese río.

—¿Valencia, decís? Eso es casi Castilla, ¿no, muchacho?

—Verá, señor...

—Aquí hay una docena de castellanos —interrumpió Möss—; lo suyo es la lana, sobre todo. Pero me sorprende que siendo un reino tan grande tengan tan pocos embajadores en esta ciudad. Creo que no son muy dados al trabajo.

Van Eyck desvió la conversación, ya que prefería no expresar su opinión sobre ninguno de sus convecinos y, al cabo de pocos minutos, Möss le puso al tanto de sus deseos.

—Veréis, esta es la primera vez que se me ocurre encargar un cuadro, cosa que quizás os sorprenda. Sí —dijo, contestando a un gesto del maestro—, sí, pero me consta que a mis conocidos y amigos les llama la atención que me haya mantenido lejos de esta costumbre. Como para cada cosa que hace o que no hace un humano hay varias razones. La más importante es, debo confesarlo, que mi formación ha sido escasa, ya que no he pasado por otra universidad que el oficio que me enseñó mi padre y que bien he agrandado a lo largo de mi vida. De esta manera ocurre que no soy capaz de estremecerme mirando un cuadro, como sí he visto hacer a otras personas. Por favor —se apresuró a razonar, disculpándose—, no entendáis esto como un menosprecio de vuestro oficio; al contrario, se trata de vilipendiarme a mí por mi falta de sabiduría o por el torpe espíritu con que nací.

—Seguid, por favor —dijo Van Eyck—, y no os preocupe más esa cuestión. Cada cual goza con aquello que más se ajusta a lo que Dios ha dispuesto en su interior.

—Por otra parte, tampoco tengo aspiraciones de poder. Todo el mundo sabe en Brujas que Jodocus Vyd encargó a vuestro hermano el *Políptico del Cordero Místico* para llegar a burgomaestre de Gante o, al menos, que ésa fue una de sus razones. Pero no es mi intención competir con nadie en la ostentación del dinero o de la piedad, de modo que nunca he sentido la necesidad de acudir al taller de artesano alguno. En realidad, y espero que sepáis ser discreto, no soy especialmente devoto. Mi vida no me ha permitido confiar mucho en Dios y sí, en cambio, en mi trabajo, mi habilidad y, a veces, mi astucia. Cada vez que he encomendado a Dios la solución de algún asunto, he tenido que ayudarle mucho para que lo sacara adelante... no sé si entendéis lo que quiero decir —Van Eyck sonrió apenas al escepticismo de Möss—, así que tampoco ha sido el espíritu el que me ha empujado hasta vos.

—No es preciso que me expliquéis vuestras razones, señor... De todos modos, como sin duda sabéis, mi oficio es el de servir al duque Felipe y sólo con su aquiescencia puedo atender encargos de otras personas. No quisiera pareceros descortés.

—Lo sé, apreciado Jan, lo sé, y debo deciros que estoy aquí con el conocimiento del duque, ya que también para mí es una honra contarme entre sus proveedores. Fue él, el primero a quien le comenté mis intenciones y me dijo que no sólo no pondría obstáculos, sino que haría lo posible para que dispusieseis de tiempo para cumplir con mi encargo. Suponía, eso sí, que ya os lo había hecho saber. Debo pediros perdón, en ese caso, por no haber empezado por ahí y haberos puesto durante estos minutos en una posición un tanto comprometida.

—No os preocupéis más. El duque no me ha dicho nada, pero me basta con vuestra palabra, por supuesto. Os escucho.

—En fin, os diré que quiero que pintéis para mí un cuadro que aparente una cosa pero que realmente refleje otra.

—Ahora sí que deberéis ser más prolijo.

—Mirad, sólo tengo una hija. Es mi única familia. Mi esposa murió antes de que pudiese concebir una segunda criatura y, como comprenderéis, la adoro. La quiero más que a mi mano derecha. Más que a mi propia vida. Pero lamento que sea una mujer y que en el futuro no pueda continuar con la firma Möss. Su destino es casarse y dejar que sea su marido quien gobierne en el futuro mi empresa, que debería ser la suya. ¿Me entendéis?

—Hasta aquí sí, señor Möss.

—Por lo tanto, no tengo problemas con el futuro de mi fortuna, salvo que sé que dejará de ser Möss cuando yo desaparezca. He pensado de qué modo podría hacer que esa riqueza sobreviva de alguna manera a mi hija y a mí y he llegado a la conclusión que un gran cuadro suyo sería la mejor manera de lograrlo. Mientras mi hija viviese, el cuadro estaría con ella y después lo estaría con sus hijos, ¿no le parece?

—Supongo que si no media ningún accidente también podrá acompañar a los nietos de su hija.

Möss valoró la observación, pero no le confirió demasiada importancia: tanto tiempo le quedaba demasiado lejos.

—Falta, sin embargo, lo más importante.

—Vos diréis.

—La verdadera joya del cuadro o, por mejor decir, lo que habrá de convertir el cuadro en una verdadera joya será que en él esté pintada mi hija.

—Bien. No existe ningún obstáculo para que realice un retrato de su hija.

—Estáis en lo cierto. Sin embargo, no estoy seguro de que un cuadro de una mujer no sea interpretado como altanería por parte de sus futuros pretendientes. Si tal cosa ocurriera, podría suceder que mi hija tuviese que romper un compromiso matrimonial tras otro o arrumbar la pintura o incluso deshacerse de ella.

Möss calló unos instantes para asegurarse de que Van Eyck seguía su razonamiento.

—Sin duda, son cosas a tener en cuenta, ya que pueden ocurrir. ¿Entonces...?

—Entonces lo primero que os pido es que me ayudéis a elegir de qué manera se puede pintar a mi hija. He pensado que podríais convertirla en la Virgen María, pero no sé de qué forma puede ser más adecuado. Si, os repito, quisierais pensar por mí...

Van Eyck no necesitó demasiado tiempo.

—Una Anunciación. Haceos pintar una Anunciación.

—Os ruego que seáis más preciso.

—Un cuadro que represente el momento en el que el arcángel Gabriel le anuncia que será madre.

—Eso lo sé. Mi formación religiosa es escasa, pero conozco los dogmas principales... Os pedía más detalles sobre el modo de hacerlo.

—Un díptico sería la mejor pieza para complacer sus deseos. En una tabla pintaríamos al arcángel y en la otra a vuestra hija. Se trataría de una escena, pero cada personaje tendría su propio espacio. Sería lo más parecido a un retrato. Incluso en la soledad de vuestro hogar, podríais tapar al Arcángel y mirar solamente a vuestra hija.

Möss saltó de la silla de cadera como un niño al que le ofrecen un regalo.

—¡Sois un genio, maestro! ¡Sabía que no me equivocaba!

Van Eyck aceptó la mano que le tendía, entusiasmado, su cliente.

—Por otra parte —continuó—, le sugiero que sea una tabla más pequeña que grande. Eso facilitará, creo yo, que perdure en el tiempo, como es vuestro deseo.

—¿Estáis seguro? —preguntó, quizás un poco decepcionado.

—Completamente. Si el cuadro fuese mayor tendríamos que incluir más personajes; una tabla muy grande con una única figura sólo agradaría en un altar mayor. Y aun así, formando parte de una composición más complicada.

—De acuerdo —aceptó Möss—. No hablaremos más sobre el asunto. El día que me digáis os enviaré a mi hija.

—Supongo que antes querréis saber algún detalle más del resultado final...

—No necesito saber más. Mi conversación con vos ha servido para confirmar que no me equivocaba cuando pensé que venía al mejor taller. Haced lo que creáis más conveniente.

—Entonces, dadme un tiempo para resolver el boceto y para que termine algo que tengo pendiente. Mientras tanto, iremos preparando las tablas, pero necesitaremos... en fin, haced que venga de hoy en quince días.

Así había concluido la conversación, y una vez que el nuevo cliente se hubo marchado, Van Eyck dejó caer que al día siguiente hablarían los dos de ese encargo.

Por eso, desde que ese día el maestro entró en el taller, Gracián anduvo con el alma en vilo, espiando sus movimientos para adivinar cuál daría paso a la conversación pendiente. A primera hora de la tarde, cuando estaba decorando una silla de la corte ducal, el maestro se le acercó y le ordenó abandonar el trabajo.

—Deja eso y vente conmigo, Gracián. Daremos un paseo por los canales. Quiero comentar contigo unas ideas que se me han ocurido sobre el encargo de Möss.

Salieron a la calle y hablaron en términos muy generales: el ángel en el panel de la izquierda, ella en actitud orante... Después entraron en el taller y Van Eyck le pidió a su oficial que hiciera un esbozo de lo que llevaba en la cabeza. El ángel sería corpulento, muy masculino, nada de un alfeñique vaporoso. Tendría una larga cabellera rizada y su condición angelical habría que mostrarla dibujando unas alas. No descendería del cielo, aparecería de pie en actitud de comunicarse con la Virgen. Se le dibujaría, por lo tanto, de perfil, o mejor de tres cuartos. Por su parte, para la figura de la Virgen habría que esperar a ver a la hija de Möss. De todos modos, podría pensarse en una figura más menuda, vestida con ropajes amplios, que no serían los que se llevarían hacía mil cuatrocientos años en Palestina, pero que servirían para que el espectador reconociese a quien protagonizaba la escena.

Mientras hablaba, Gracián iba bosquejando el díptico en una tela. Cuando terminó, Van Eyck mostró su aprobación. «Magnífico —dijo—, me gusta todo lo que has propuesto y así se hará.» A continuación le preguntó:

—¿Cómo diremos que esa joven es la Virgen María?

—¿Escribiéndolo de alguna manera en el cuadro? —sugirió Gracián, que conocía la costumbre de su maestro de escribir mensajes en los cuadros para indicar, de forma indirecta, diversos asuntos.

—Probablemente, en cada marco escribamos las palabras del evangelio pero me refiero ahora a algo más evidente: dibujaremos una paloma que represente al Espíritu Santo. Ya lo he hecho otra vez. Será un ave pequeña y trataremos de que, siendo su presencia ostensible, no arrebate el interés de la obra al rostro de esa jovencita.

—Como queráis, maestro. ¿La otra pregunta?

—El color. ¿Qué tonalidad sugieres?

—Mientras hablaba me lo estaba preguntando, pero no he sabido responderme. Al ángel podemos vestirlo de cualquier color, pero parece correcto que predomine el blanco, ¿no creéis?

—Sigue.

—Pero si lo hacemos así, en la Virgen no puede predominar otro color porque la obra estaría desequilibrada... Por otra parte, el azul es de los campesinos; el amarillo, color de guerra; el rojo es de fiesta; el más distinguido es el negro, pero no veo a la Virgen de negro; quizás el verde sería bueno porque se asocia a la nobleza, pero también es el color del enamoramiento y en la Virgen puede prestarse a equívocos, sobre todo en el momento que se ha elegido. No sé decidirme.

—Has hablado bien, querido Gracián. Creo que sólo nos queda un camino abierto.

—¿Cuál es, maestro?

—Tú mismo lo has anunciado. Piensa en tus palabras.

—El blanco por ser apropiado para un ángel, y el negro por ser el más distinguido...

—Pues eso haremos. Usar el blanco, el negro y todos su intermedios.

—¿Una grisalla, pues?

—En efecto. Möss quedará más complacido de lo que espera y nosotros habremos resuelto a plena satisfacción nuestro problema.

—¿Pero no es ese el modo en que se realizan las tablas de los retablos que se ven cuando estos están cerrados? Pienso, maestro, en lo que me habéis contado del Políptico del Cordero...

—Así es, Gracián, pero es una labor que no desmerece otros tratamientos. Sabes que hace cosa de dos años, terminé otro con este mismo tema, pero el de Möss habrá de ser mucho mejor. Trataremos de satisfacer la sinceridad de nuestro cliente. A lo que tú has hecho aquí —señaló el esbozo de Gracián—, habrá que añadir el dibujo de un marco para cada figura. El ángel —se acercó hasta el boceto y lo corrigió según iba hablando— sobrepasará el suyo con su ala y la Virgen con su sombra. El fondo será negrísimo y al marco le daremos un color, será lo único que lo tenga... será un rojo oscuro. Y luego... bueno, veremos.

NEREA Y SUSAN SE ENCUENTRAN CON SAÚL

Desapareció, ¿qué le vamos a hacer? Lo peor fue que tuve que pagar la carrera del taxi. Podía haberme dicho que se marchaba y me hubiese bajado al metro, que para eso llevo siempre el abono. No llevaba dinero suficiente y tuve que decirle al taxista que enseguida bajaba: «Es aquella ventana, tercero A, tardo cuatro minutos». Menudo corte el mío y menuda cara de mal café puso él, que miró y remiró el edificio, no sé si para evaluar si se la iba a pegar o para descubrir la puerta trasera por donde pensaba escaparme.

A todo esto, había desconectado el teléfono al entrar en el museo y, como había decidido no informar a la panda, al llegar a casa seguía apagado. Saldada mi deuda con el taxista, lo conecté y entonces vi el aluvión de mensajes que me habían enviado, unos de preocupación y otros de enfado. Lo suyo habría sido que les llamara para disculparme, pero me daba corte decirles que les había dejado plantados por un tío que me había dejado tirada dentro de un taxi. ¿Quién era? No lo sabía. ¿A qué se dedicaba? Ni idea. ¿Cómo se llamaba? Viendo cómo terminó la tarde, cualquier nombre sería sólo una hipótesis. ¿Qué habéis hecho? ¡Hablar de museos y de poesía!

Imposible contar eso, así que volví a apagar el teléfono y me fui a la cama pensando en cómo adornar la pifia de aquel sábado extraño.

Sólo Nerea, la fantasiosa de Nerea, creyó que en aquello había una historia. No sé bien por qué, a ella se lo conté por teléfono el domingo —ese día no salí: había celebración familiar— y vaticinó una «aventura excitante».

—Se dice —me comentó— que cierto tipo de personas, digamos extrañas, suelen entrar en contacto con gente corriente y...

—Ya —le corté—, extraterrestres.

—No necesariamente.

—Bueno, Nerea, dejémoslo —le dije, un poco desabrida—. Debería haber supuesto que saldrías por peteneras.

En cuanto a los demás, cuando el lunes los puse al corriente, tiraron de sensatez y concluyeron que algún experto en contar cuentos chinos se había quedado conmigo, una especie de exhibicionista, un encantador de serpientes, un chiflado que disfrutaba dando la vara, quizás un marica que se echó atrás cuando se vio comprometido a acompañarme hasta casa, un psicópata —menuda ocurrencia tuvo Paco— en busca de una víctima. «Has estado a punto de salir en el Telediario —dijo—. Chica de diecisiete años, desaparecida entre Neptuno y Callao, ha sido hallada descuartizada en el túnel del metro de Iglesia.»

En fin, si te digo la verdad, olvidé pronto el chasco de Saúl. En parte porque el encuentro había durado poco y también porque, con la distancia de los días y el ajetreo, cuando me acordaba de Saúl no me parecía ya tan importante.

Otro asunto empezó a inquietarme por aquellas fechas y tal vez también tuvo algo que ver con que me desentendiese de Saúl.

Dos o tres años antes, Nerea nos propuso un juego. Se trataba de mirar fijamente a la nuca de la persona que llevábamos delante, entendiendo como prudencial una distancia máxima de diez o doce metros. Según su teoría, esa persona terminaría por volverse porque algo en su sistema nervioso —o en su aura o en su karma o en su más allá, porque en esto Nerea no era muy precisa— le informaría de que unos ojos estaban clavados en ella. No es que la víctima recibiese un fax con esas palabras, pero no podría resistir la sensación de girarse porque notaría que alguien la observaba con atención. Hicimos la prueba muchas veces y los resultados fueron desiguales, de forma que cada uno de nosotros pudo apoyarse en los éxitos o en los fracasos para reafirmarse en lo que pensaba antes del experimento.

Hasta aquí la descripción de lo de Nerea. Y desde aquí lo que me ocurrió a mí, que se trataba de que me sentía observada desde que ponía los pies en la calle. Al principio no me di cuenta pero una tarde, Amparo —una vecina— me preguntó qué me pasaba. «Nada —le dije yo—. ¿Por qué lo preguntas?» «Porque no dejas de mirar hacia atrás. ¿Es que esperas a alguien?»

Entonces tuve que reconocer que últimamente me había parecido que alguien jugaba conmigo al juego que nos había contado Nerea. De lo que no era consciente era de las veces que ese mensaje llegaba a mi cerebro. La advertencia de Amparo me sirvió para que en adelante estuviese más atenta y para que el asunto, al final, llegara a intranquilizarme. No era posible que a cada momento me sintiera observada. O pasaba algo o *a mí* me pasaba algo. Descartado que pudiese estar siendo seguida por un secuestrador, salvo que fuese tonto y creyese que por mí podría obtener algo más que las gracias por quedarse conmigo, se mantenía abierta la segunda posibilidad, la relativa al funcionamiento de mi cabeza. Antes de comentarlo en casa y de empezar a visitar al psiquiatra, recurrí otra vez a Nerea, la experta en cosas extrañas, con la que me cité un sábado por la mañana.

—No sé cómo me consultas a mí, si sabes que siempre salgo por peteneras.

—Venga, tú —me disculpé—, no seas así. ¿No querrás echarme en los brazos de mis padres?

Nerea, deseosa tanto de fabular como de ayudar, se dispuso a escucharme y me prometió toda la discreción del mundo, porque me daba vergüenza que el grupo entero se enterase de mi debilidad: «Tiene miedo, la chica tiene miedo».

—¿Y desde cuándo te pasa eso? —me preguntó, cuando di por concluido el relato, con la circunspección de un oncólogo que acaba de reconocer los peores síntomas.

—No sé. Quince o veinte días.

—¿Y es una sensación continua?

—Casi desde que salgo de casa.

—¿Dentro de tu casa no?

—¡Joder! ¡Sólo me faltaba eso!

—No te alteres —me dijo para asustarme más todavía—. Si un fantasma te persigue, no creas que se va a quedar en el portal...

—¿Lo ves? Ya estás con los fantasmas. En lugar de ayudarme a encontrar una explicación razonable, te lanzas de cabeza a lo imposible. Eres tú quien estás mal de la cabeza. Lo mío es sólo un tic pasajero, pero lo tuyo es duradero.

—Más te vale que yo esté en lo cierto. Si lo que te ocurre es otra cosa, me río yo de ese tic: estaríamos hablando de manía persecutoria, obsesión demente, principios de esquizofrenia... Tu futuro se relacionaría con palabras como fármacos, aislamientos, manicomio...

—Venga, hablemos en serio.

—Eso hago. Pero es que tú no quieres considerar todas las posibilidades. Todas —Nerea subrayó de nuevo la palabra—. Si estás predispuesta a despreciar las mías, no sé para qué me has llamado.

—Comprende que no puedo creerme lo del fantasma así como así.

Nerea se calló unos segundos, pasando por alto el menosprecio.

—¡El del museo! ¡El del museo!

—¿El fantasma del museo? ¡Pero es que no te acuerdas de que nunca hubo fanstasmas en el Thyssen? Nos lo dijo Maite.

Nerea hizo memoria y puso cara de fastidio, pero sólo fue durante un momento porque enseguida se rehízo.

—Y ¿qué más me da que el fantasma sea famoso o no? Ya te dije que si había espectros en un palacio, puede haberlos en otro —insistió aprovechándose de la ausencia de Maite para hacer valer su estrafalario argumento—. El caso es que existe. Recuerda que lo viste allí, te acompañó y te dejó no muy lejos del museo. No es que fuese un chico descortés, es que su sustancia no le permite alejarse demasiado de su lugar de residencia. Es un fantasma típico. Los hay que recorren el mundo, pero otros permanecen atados a un espacio determinado: ya has visto las películas de castillos con fantasma, todas las pelis tienen una base de verdad. Si me ayudas, podemos hacer una investigación y verás cómo no eres la única visitante de ese museo que puede contar episodios parecidos.

—Sólo me faltaba eso. ¿Qué tenemos que hacer? ¿Irnos a la puerta y preguntar a los que salgan o abordar a todos los gafillas con abrigo que veamos para interesarnos por su última visita al museo y si se han sentido agobiados por un espectro?

—Tú ríete. Lo que tienes que hacer es olvidarte de él y no acercarte al museo en un círculo cuyo radio sea el de la distancia que media entre el palacio y el lugar donde cogiste el taxi. Terminará por olvidarte, ya verás.

El plan no tenía ni pies ni cabeza pero, al menos, era un plan, en opinión de Nerea. En la mía era un disparate.

—¿Te das cuenta de que eso significa que en Navidades no podré ir de tiendas ni de marcha por Sol?

—Llevas razón. Pero es un sacrificio que debes hacer por razones de fuerza mayor. Yo te ayudaré a convencer a la pandilla para que este año nos movamos por otra zona. Por ese lado, por lo menos, no te preocupes.

Nerea, pues, no renunció a su ocurrencia, compró en un quiosco un plano de Madrid y nos fuimos a la Plaza Mayor. Aunque ya era noviembre y las pocas terrazas que seguían abiertas estaban vacías, nos gustaba mucho acudir a ese lugar a observar a los turistas y catalogarlos por su residencia, por el motivo del viaje, por la cara de pavos que ponían, por ese tipo de cosas. Nos sentamos a los pies de la estatua y extendimos el plano. Nerea se quitó un cordón de la zapatilla, ató un Pilot a un extremo, sujetó la cinta a la altura de la plaza de Neptuno y con el bolígrafo marcó el límite del territorio prohibido.

—¡Bueno, aquí estamos a salvo! Por poco, pero lo estamos —confirmó, después de ratificar un par de veces que el trazo pasaba por encima de la calle Postas—. Mira —me invitó a comprobarlo tendiéndome el extremo del cordón.

—Hola, chicas, buenos días —nos dijo alguien que acababa de llegar.

Nosotras le dábamos la espalda al mundo, de manera que no nos dimos cuenta de que se acercaba. Cuando nos volvimos, Nerea no dijo nada porque no lo conocía, pero yo di un grito por culpa de Nerea. Si no me hubiese estado comiendo el coco con lo de los fantasmas, lo hubiese saludado con toda la naturalidad del mundo, pero así hice el ridículo.

—¿Qué te pasa, Susan? ¿Te he asustado? —me preguntó Saúl, con su voz tan bien templada, con sus maneras tan correctas.

—No, tú no —busqué una excusa por todas partes pero la plaza estaba casi vacía—, es que como estábamos en otra cosa, pues... pues que me he sobresaltado. Eso es todo.

Saúl aceptó con elegancia mi explicación, a pesar de que no se sostenía ni con muletas y Nerea, muy suelta, nos sacó con limpieza de aquel barrizal.

—Si no me equivoco, tú eres Saúl, ¿verdad?

—Sí, soy Saúl. Encantado de conocerte... —arrastró el saludo como hacen en las películas para invitar al otro a que se presente.

—Nerea. Soy Nerea. Susan me ha hablado de ti y al verte he supuesto que debías de ser tú. Seguramente eres el único amigo de Susan al que no conozco.

—Bueno, ¿qué haces por aquí, por-la-pla-za-ma-yor? —subrayé para recordarle a Nerea que estábamos con el fantasma que no podía llegar a la Plaza Mayor.

—Voy a trabajar.

—Oye, oye, pero ¿de dónde has salido? —le interrogó Nerea sin dejarle terminar.

—Bueno, vengo de mi casa —contestó, encogiéndose de hombros, como quien se ve obligado a explicar algo sin necesidad, y haciendo con la mano un gesto hacia atrás, más lejos todavía del círculo prohibido para el fantasma— y he visto a Susan, así que me he acercado a saludaros.

Nerea se volvió al plano, que continuaba abierto sobre el granito del pedestal y, con la vista, midió las distancias otra vez.

—Hmmm. No sé, todo esto no me convence. Esto no puede ser lo que parece.

Saúl aparentaba divertirse con la suspicacia de Nerea y se ofreció a enseñarnos su piso otro día, cuando tuviera menos prisa. No obstante, Nerea seguía sin darle tregua.

—¿Y cómo es que te vemos así, tan de repente?

—Mujer, uno se encuentra con alguien o no. Siempre que se ve a alguien se le ve de repente, ¿no? No se ve a nadie poco a poco.

Me reí abiertamente de la ocurrencia de Saúl y empezaba a cansarme de la actitud recelosa de Nerea que, de seguir así, iba a espantarlo.

—Oye —saltó de repente—, ¿conoces el zoo?

—¿El zoo? Pues la verdad es que no. No he ido nunca.

—¿Lo ves, Susan? —se entusiasmó: lo había pillado—. ¡Te lo dije!

—¿Qué le dijiste? —se interesó Saúl.

—Pues que no podías conocer el zoo.

—No me gusta ver a los animales encerrados, eso es todo. Cuando era pequeño, el colegio organizó una excursión y yo me negué a ir. Simulé que estaba enfermo y me quedé en casa.

—¿Y el Bernabéu? ¿Has estado en el Bernabéu? —preguntó de nuevo por un sitio característico pero muy alejado del círculo del fantasma.

—Es que... tampoco me gusta el fútbol.

—¿Lo ves? —repitió eufórica—. Todo esto empieza a encajar.

—Me apuesto una coca-cola a que no has viajado en avión, así que tampoco has estado nunca en el aeropuerto, ¿verdad?

—Llevas razón, pero puedo explicarlo.

—Ya. Ahora me dirás que te dan miedo los aviones, ¿verdad?

—Es verdad, volar me da pánico. Pero no soy el único. Eso le pasa a mucha gente.

—No, si una coincidencia vale, pero tantas ya son sospechosas. Debes de ser el único tío de tu edad que no ha estado en ninguno de esos sitios...

—Verás —la interrumpí—, es que Nerea cree que eres un fantasma.

—¡Vaya! No creía yo que tener gustos diferentes le convirtiera a uno en un pedante.

—No, no hablo de pedantería, sino de espectros, de seres del otro mundo, ectoplasma y cosas así —le aclaré—. En concreto, cree que eres un fantasma que vive en el museo Thyssen, ya ves.

Saúl miró a Nerea con incredulidad y ésta le respondió, cruzada de brazos, con una mirada desafiante. Después Saúl se echó a reír sonoramente y le preguntó si de verdad creía eso.

—Es una posibilidad, desde luego —repuso, todavía cruzada de brazos, y con el aspecto de un insobornable inspector de policía.

—¡Me encanta! Es lo último que esperaba que creyesen de mí. ¡Un fantasma de verdad! En fin, quizás llegue a serlo, no voy a discutirlo, pero de momento ya veis, chicas, soy de carne y hueso.

Saúl se palpó el cuerpo para apoyar lo que decía. Aquello era el punto final de la conversación. Comprendí que si no hacía nada para evitarlo, lo siguiente era que nos despidiésemos y cada uno continuase por su lado. Ya te he dicho que olvidé pronto a Saúl, pero ahora que lo tenía otra vez al lado, me parecía que sería tonta si lo dejaba marchar.

—Bueno, podías acompañarnos...

Saúl miró el reloj.

—Es que tengo que ir a una tienda. Es aquí cerca, pero no quiero que me cierren.

—¿Y si te acompañamos? —le pregunté, cantarina.

—Bueno, si os apetece... No tardaré mucho. Luego podemos tomarnos un vermú o la coca-cola de la que hablaba antes Nerea.

—¿Te refieres a la que te he ganado?

Saúl, tan cortés, se comprometió, sonriente, a invitarnos y Nerea empezó a doblar el mapa, aunque sin dejar de pensar en qué parte de sus cálculos se había equivocado.

Salimos de la Plaza Mayor por el Arco de Cuchilleros y caminamos por la Cava. Ya no recuerdo de qué hablamos, aunque sí que la charla estuvo animada. Tampoco tuvimos tiempo de sentirnos incómodos por el silencio porque al poco llegamos al sitio donde iba Saúl. La fachada de la tienda era antigua y las puertas, de madera oscura. En realidad había un gran portón dentro del que se había practicado un vano menor que enmarcaba una puerta con cristales para que pasasen las personas. La grande se abriría sólo para sacar alguno de los trastos que había allí adentro. ¿Que qué trastos? Pues otras puertas también enormes; el dosel de una cama, un carro de pértigo, una campana de bronce... yo qué sé. Saúl nos había llevado a una tienda de antigüedades, un sitio muy original al que llevar a dos chicas con una de las que, por cierto, había ligado unos días antes.

La tienda tenía dos ambientes, uno más amplio a la entrada y otro más reducido al fondo. Saúl nos pidió que esperáramos en el primero mientras él buscaba a la dueña, y desapareció por el final del establecimiento, oscuro como boca de lobo. Cuando dejamos de verle, yo esperaba la reacción de Nerea.

—No, si ahora me dirás que el chico es completamente normal, ¿verdad que sí?

—¡Chist! Habla más bajo, porque no sabemos si nos está oyendo. Yo no te dije que fuese normal —continué, susurrando—, pero ahora no me contarás que ha venido a comprar los muebles que tuvo en vida...

—¿Es que tienes otra idea mejor? A ver, explícame por qué tenemos que quedarnos aquí mientras él se pierde por ahí dentro.

—¡Y yo qué sé! Además, eso no nos importa. Supongo que tendrá que hablar algo personal. O creerá que hablar de antigüedades puede aburrirnos. Pero qué más da, joder. Sí que eres quisquillosa. Además —añadí todavía otra posibilidad—, a lo mejor la persona con la que tiene que hablar no quiere que entre nadie más.

—Pues yo no me quedo aquí —concluyó Nerea, y echó a andar—. Allá tú.

—Está bien. Espérame, voy contigo —me resigné.

El segundo ambiente era más reducido porque el techo era mucho más bajo. Más al fondo y a la izquierda, una bombilla de poquísimos vatios indicaba dónde terminaba el establecimiento, pero no servía para identificar los objetos. Más allá todavía, una rendija de luz denunciaba la presencia de una puerta, pero era seguro que no se había abierto recientemente, de modo que Saúl tenía que estar cerca de nosotras. Tanteamos a nuestro alrededor y descubrí, a nuestra derecha, otra portezuela. Presioné la manija y cedió dando paso a una escalera estrechísima que se dirigía hacia arriba: desde lo alto, una luz mostraba el camino que conduciría a una habitación donde debería de estar Saúl. Sin pensar en la conveniencia de meternos donde no nos habían llamado, seguimos hacia arriba, Nerea un paso por delante. A dos escalones del final, nos detuvimos para escuchar la conversación que mantenía Saúl con una mujer con acento extranjero.

—Entonces, ¿estás seguro de que podrás hacerlo?

—Por supuesto. El Gordo Yon me dijo de qué iba y los detalles no me parecen complicados. Si el trabajo fuera en la acera de enfrente le diría que no: entrar ahí son palabras mayores.

—¿Lo harás solo?

—Eso no es cosa suya, si me lo permite. Creo que necesitaré a una persona pero, si lo dice por el dinero, no se preocupe porque no habrá incremento. Yon contaba con eso cuando habló con usted.

—Bien, dame entonces un teléfono para que te llame cuando esté listo.

—Prefiero sistemas más tradicionales. Yo pasaré por aquí todos los días y cuando vea una alfombra en la ventana que hay sobre el cartel de Antigüedades sabré que ya puedo venir.

—Por cierto...

La mujer no terminó de hablar porque Nerea se precipitó en la habitación, a punto de reventar de curiosidad si no veía a la dueña de esa voz áspera y atormentada con las erres.

—Perdón —balbuceó—, es que habíamos perdido a nuestro amigo y nos hemos dicho: a ver si está aquí arriba.

En ese momento tuve que entrar yo y vi, igual que Nerea, que la mujer, esbelta y de pelo lacio, nos miraba con sorpresa y desaprobación.

—¿Son amigas tuyas? —le preguntó a Saúl sin dejar de mirarnos.

—¿Qué hacéis aquí? No os he dicho que no me siguierais. Por favor, esperadme abajo, que ahora mismo voy.

Yo no vi a nadie más, pero Nerea aseguró que al fondo de la sala había un hombre que parecía proteger algo en su regazo. Lo que le faltaba para comprobar que allí ocurrían cosas muy sospechosas.

—Puedes bajar con ellas, si quieres. Nosotros ya hemos terminado.

Aquella mujer se mostraba muy imperativa. El «si quieres» era pura fórmula porque según lo dijo equivalía a un «márchate de aquí ahora mismo». Saúl se despidió con un «Entonces hasta lo convenido», que se refería sin duda al asunto de la alfombra, y empezamos a bajar seguidos por la mujer, que casi nos empujó hasta la calle y cerró con llave la puerta del establecimiento cuando nos fuimos.

—Os había dicho que me esperarais, no que me buscarais —nos reprochó Saúl de inmediato.

—No te fíes nunca de dos mujeres juntas —bromeó Nerea, queriendo quitarle importancia.

—Si no es por mí. Es que esa mujer tiene un pronto muy fuerte.

—Oye, pero ¿de qué hablabais? —le pregunté.

—¿De qué? —dijo, ganando tiempo—. De un pequeño asunto que tengo que hacer. Poca cosa, lo que ocurre es que en estos mundos tan cerrados cualquier filtración puede suponer que se pierda un montón de dinero; de ahí que se enfadara un poco cuando os ha visto. Si un hombre tiene una pieza muy valiosa y sólo lo sabes tú, puedes comprársela a un precio razonable, pero si lo saben otros tres anticuarios y todos muestran interés por ella, lo normal es que te levanten el negocio o que tengas que pagar mucho más.

—¿Entonces estás haciendo de intermediario para una de esas compras? —preguntó Nerea.

La verdad es que a mí me daba apuro interrogarle de aquella manera. Siempre he pensado que las personas a quienes se les pregunta demasiado están en su derecho de mandar a tomar viento fresco a quienes no dejan de molestarles.

—Algo así podríamos decir, sí.

—¿Y dónde tienes que entrar y dónde no son palabras mayores? —insistía Nerea, perro que no suelta su presa.

—¿Has visto qué cosas más interesantes había en la tienda? Yo creía que en el Rastro sólo vendían objetos inservibles —intervine, poniéndome de parte de Saúl un poco servilmente, lo reconozco.

—Esto no es el Rastro, mujer.

—Ya lo sé, pero los domingos...

—Los domingos nada. Estas tiendas tienen su público y, por lo general, no acude al Rastro. La mayoría de estos objetos tienen un gran valor. Mira, esa puerta es de madera de roble —nos informó, señalando la de otro establecimiento parecido—. Fíjate, está hecha de uno, dos, tres, cuatro... seis tablones enormes. Pero son tablones enteros. Alguien cortó varios robles y extrajo esas piezas.

—¿Y?

—Pues que hoy no pueden hacerse las puertas así. ¿De dónde sacas un árbol tan grande? Hoy todo está hecho con pequeñas tablas encoladas y trabajadas de forma que parecen una sola pieza. Estas tiendas poseen los restos de una vieja manera de hacer las cosas, antes de las industrias y de que en las ciudades viviesen las personas a millones.

—Vamos, como si fuesen museos —propuso Nerea.

—Sí. Como museos de objetos populares. No son obras de arte, pero también nos muestran cómo vivían antes las personas.

—¿Y por qué te interesan?

—Porque no me gusta el fútbol, por ejemplo.

—No... si ya te digo que resultas un pelín raro...

—Oye —intervine yo—, ¿y por qué esos portones no son arte y los cuadros que vimos el otro día sí?

Que Saúl era un apasionado de estas cuestiones ya te lo he contado, pero Nerea no podía saber hasta qué punto, así que no dejó de mirarlo sorprendida de que, no ya en el mundo, sino en nuestra ciudad pudiese haber chicos como aquél.

—Eso tiene muchas respuestas. O una sola un poco larga. En realidad, hubo un tiempo en que el carpintero y el pintor no eran oficios que la gente considerara de manera muy diferente. Los dos eran, simplemente, artesanos. Después hubo un cambio y los pintores empezaron a ser llamados artistas y obras de arte lo que ellos hacían, mientras que los ebanistas no llegaron a tanto.

—¿Sólo es eso? Entonces todo esto es una especie de timo. Podríamos estar estudiando a los ebanistas del siglo

XIX en lugar de a los pintores con tal de que las cosas hubiesen sido de otro modo... —sugirió Nerea, a quien temía como a un día de tormenta: no sabía a qué lugar quería llevarnos con su conversación.

—Pues quizás sí, yo qué sé. Aunque el pintor ha puesto, por lo menos muchas veces, una sensibilidad especial en sus obras. Lo del pintor no sólo es habilidad para hacer un objeto artístico, sino la manera personal en que transmite vida a ese objeto. Seguramente tú no te quedas igual después de ver un portón que después de ver un buen cuadro. Ni siquiera aunque lo que veas sea un magnífico artesonado que haya costado meses de trabajo de un taller entero de extraordinarios carpinteros. Pero de todas maneras —añadió después de una pausa—, eso es algo bastante personal, no puedo convencerte de que veas las cosas como yo.

Fue tan tarde como entonces cuando caí en la cuenta de que Saúl podía resultarme muy útil. No puedo decir que la cogiera al vuelo, pero llegué a tiempo de que me ayudase a salir de un atolladero.

—¡Un momento, un momento! ¡Pies quietos todo el mundo! —exclamé entre grandes aspavientos.

—¿Qué te pasa? —preguntó Nerea.

—¡No sé cómo no se me había ocurrido! —continué, llevándome las manos a la cabeza, tirándome literalmente de los pelos—. Vamos a ver, querido, tú de todo esto sabes un puñado, ¿no es así?

Saúl, el ladino, sonrió sin modestia.

—Pues ya está. Me lo pido. Lo siento, Nerea, tú búscate la vida.

Nerea, que se dio cuenta de por dónde iban las cosas, empezó a protestar, pero sabía que no tenía nada que hacer porque Saúl y la idea eran míos, completamente míos.

—Mira, el jueves tengo que presentarle a Maite un trabajo sobre el museo del otro día, ¿te acuerdas? —Saúl afirmó con la cabeza—, así que seguro que no te importa que quedemos una tarde y me ayudas, ¿vale?

Saúl se hizo el interesante. No creas que dijo que sí de golpe. Los tíos se han aprendido eso de que no tienen que correr detrás de nosotras en cuanto abramos la boca y ahora no hay quien le pille los dedos a uno. Pero, bueno, le puse una cara de melindrosa insoportable, le cogí del brazo y le acaricié el hombro y aceptó, aunque para no quedar mal puso su condición.

—De acuerdo, te ayudaré. Pero no te saldrá gratis. Me deberás un favor, ¿de acuerdo?

—Hecho. Te debo un favor. Vamos, te lo deberé. No quieras cobrar antes de tiempo...

Nerea asistió a la negociación con cara de circunstancias. Noté que se sentía como si fuese la carabina que llevaban antes los novios para no levantar las sospechas ante sus padres. Iba a tomar la palabra para cambiar de tema pero Saúl se le adelantó y me preguntó más detalles sobre el trabajo. Lo preguntaba, me dijo, para prepararse un poco, no fuera a ser que no pudiera hacerme el favor ni cobrarse luego el servicio.

—De lo que queramos. De una sala, de un cuadro, del museo entero. Por eso no sé todavía cómo empezarlo. Es lo malo que tiene esa mujer, que nos deja demasiada libertad y eso nos hace un lío.

—Bueno, si quieres podemos hacerlo sobre el cuadro en el que nos encontramos.

—En eso había pensado, claro. Es la única pintura que me ha hecho ir dos veces a un museo, y no creo que haya muchas más en el mundo. Seguramente ninguna.

Saúl sonrió:

—Eso no se puede decir nunca —dijo.

—De todos modos —añadí—, que me guste a mí no quiere decir que sea el mejor cuadro para ti. Quizás sepas más de otros o de los de otra sala, yo qué sé...

Saúl hizo un gesto de despreocupación, un «ése mismo vale», y la lengua empezó a soltársele.

—Ese pintor era un hombre fascinante. Trabajaba para un duque que le apreciaba más que a ningún otro de los centenares de personas que tenía a sueldo porque leía mucho, conocía el latín y el griego, hacía mezclas como los alquimistas; se decía que tenía que ser uno de ellos para conseguir los colores que ponía en sus pinturas. Era uno de los hombres más cultos de la ciudad y, sin embargo, no protestaba cuando le hacían encargos absurdos, como cuando el Ayuntamiento de su ciudad le pidió que pintase unas estatuas como si fuera un pintor de brocha gorda. Muy poco tiempo después, cualquier pintorcillo de tres al cuarto hubiera considerado humillante ese mismo encargo.

—¿Y eso te fascina? —se interesó Nerea, que quiso evitar que nos diera una conferencia en plena calle.

—Claro que sí. Fue el mejor, pero demasiado pronto. Fue tan bueno que le permitían transgredir normas que habían permanecido durante siglos. ¿Sabes?, fue el primer pintor que firmó sus cuadros, el primero que consideró que su pintura era tan importante como para que su nombre perdurase tanto como lo hiciesen sus tablas. No sólo eso, como si fuese un noble, tenía su lema, una frase que le pertenecía. La frase era «Lo mejor que pueda». ¿Veis qué astucia? —preguntó sin esperar respuesta—. Sus palabras eran pura modestia: soy un pintor que hace su trabajo lo mejor posible, sólo soy un hombre humilde. Pero resulta que para proclamar que era un hombre humilde utilizaba una herramienta que pertenecía sólo a la nobleza. ¡A su manera, era un rebelde!

—Y un vanidoso.

—¡Pues quizás también! —Saúl reaccionó con mucha viveza, como si no le hubiera gustado la observación de Nerea—. Pero también a eso le puso su ingenio porque como entonces nadie firmaba los cuadros, se valía de mil artimañas para dejar escrito su nombre. Por ejemplo, en el marco de un espejo escribía: «Jan van Eyck estuvo aquí». ¿Qué os parece? ¿No es interesante un hombre así? ¡Y eso porque no lo conocisteis! —exclamó, convertida la viveza en un impulso vehemente, irrefrenable—, ¡porque no escuchasteis con qué autoridad dirigía su taller, porque no visteis cómo lograba que sus colores brillasen tanto que lo que habíamos hecho los demás pareciesen borrones!

—¿Cómo? —intervino Nerea.

—¿Qué más da que viviese hace más de quinientos años? —siguió hablando, sin escuchar la pregunta, pero recuperando poco a poco la calma que le era tan propia—. Eso no importa. También habrá un momento en el que el teléfono móvil tendrá más de quinientos años, pero hoy nos resulta fascinante, ¿no? Y, además, teníais que ver qué tablas. Susan ha visto que las figuras parecen salirse de ellas. De lejos, parecen esculturas y de cerca, aún hoy, son como fotografías.

—Oye, oye, no cambies de tema: ¿has dicho que ese pintor hacía maravillas con los borrones que *habíais* hecho otros?

Saúl la miró sin comprender la pregunta.

—Digo que has hablado como si tú lo hubieses conocido —aclaró.

—¿Yo? ¿A quién?

—A ese pintor.

—¿A Van Eyck? —Saúl sonrió de una forma que a Nerea le resultó extraña, según me dijo después—. Murió en 1441, ¿tan viejo te parezco?

—No me lo pareces, pero debes saber que mantengo intactas todas mis dudas sobre ti...

—¿Sigues dándole vueltas a lo del espectro? —Saúl rió abiertamente y miró el reloj—. Tienes una amiga muy ingeniosa. En fin, tengo que irme —terminó.

—¿Y eso?

—Tengo que trabajar. Empiezo dentro de cuarenta minutos y todavía debo ir a casa a cambiarme. Se nos ha hecho tardísimo.

—¿A cambiarte de qué? —le pregunté.

—Pues de ropa. ¿De qué va a ser?

—Oye, oye, no te vayas sin darme tu teléfono. Te llamaré para lo del trabajo.

—No te preocupes, yo te busco —dijo, retirándose.

—¿Cuándo? Que...

—Antes del jueves, estáte tranquila —añadió ya, bastante lejos, antes de echar a correr.

—¡Ese tío está loco! —exclamó Nerea cuando volvimos a lo nuestro—. ¿De dónde lo has sacado? Te está bien empleado por ir sola a esos sitios. A los museos se va una vez al año y sólo en compañía de nuestro abogado. ¡Qué alucine, tía!

—¿A que es un chico especial?

—¿Chico? ¿Especial? Te daré algunas posibilidades antes de que llegues a la de «chico especial». A las que te sugerimos después de que te dejase plantada en el taxi puedes añadirle ahora la de un camello conchabado con una extranjera, un loco que se cree un pintor antiguo y un policía municipal con turno de tardes. Porque no sé qué pensarás tú, pero eso de «Ya me pasaré cuando esté colgando la alfombra», no es muy corriente ni tiene el aspecto de tratarse de nada limpio, a ver si no por qué no puede darle su número de teléfono a su clienta. Y a ver, por cierto, por qué tampoco te lo da a ti.

»Y todo esto —añadió después de tomarse un respiro— sin descartar que sea el fantasma de antes porque —subrayó el *porque* para que le dejase terminar— he descubierto dónde estaba mi error. El sitio donde cogiste el taxi sí estaba en su radio de acción, lo que explica que lo hayamos visto hoy. En cambio, tu casa sí le queda demasiado lejos y por eso no quiso acompañarte... La hipótesis del fantasma sigue abierta, querida.

—Pues estoy buena... Menuda ayuda tengo contigo —protesté antes de cogerme a su brazo y de que nos echáramos a reír a mandíbula batiente.

Era sábado, teníamos la tarde por delante y pensábamos estrenar la minifalda que nos habíamos comprado la semana anterior.

GRACIÁN BRULL TOMA LOS PINCELES

Gracián había elegido las piezas de cedro que habrían de componer las dos tablas del trabajo de Möss. Lo normal era que hubiese encomendado la tarea de ensamblarlas y de dejarlas a la medida prevista a Gustav, al aprendiz, pero sentía ese trabajo particularmente próximo, quizás porque el maestro le había permitido exponer sus ideas y había admitido gran parte de ellas. Se quedó trabajando hasta tarde en esos quehaceres menores para evitar la extrañeza del taller y para no tener que dar explicaciones a los otros. Después sí fue Gustav el que, para conseguir una superficie nivelada, le dio el yeso y lo lijó una vez seco. También fue Gustav quien luego hubo de vérselas con las cuatro manos de cola, una tras otra, después de que la anterior hubiese secado. Pero Gracián se encargó de la imprimación con una mezcla de albayalde y jalde extendida con la palma de la mano. Esta era la última tarea antes de que el soporte pasase a manos del maestro, que podría bosquejar los motivos del cuadro con cartones o directamente sobre la tabla. Si hacía lo primero, tendría que dibujar en el cartón y luego agujerear los contornos de la figuras para que sobre la tabla apareciesen las siluetas, pero, para una composición tan sencilla como aquélla, el maestro vertía el boceto sobre el soporte, así que Gracián le informó de que todo estaba listo en el momento en que la imprimación estuvo seca del todo.

—La hija de Möss vendrá dentro de un par de días. Prepárate, porque tú harás el boceto de las figuras con carboncillo.

—¿Yo, maestro?

—Tuya es la composición principal, así que parece justo que la lleves a las tablas. Por otra parte, ya es hora de que tu trabajo dé un nuevo paso. Todavía eres joven, pero no habrán de pasar más de cuatro o cinco años para que se te abran las puertas de la maestría. Debes ir ejercitándote en la creación de tus propios trabajos porque un maestro no es el que cumple bien las instrucciones de otro, sino el que toma esas instrucciones y las mejora, o trata de hacerlo, y aplica lo aprendido a la ejecución de una obra que es suya y no de aquél de quien ha aprendido.

—No sabéis cómo me halaga vuestra confianza.

—No debes pensar que lo que te digo sólo tiene un lado bueno. También se trata de una empresa llena de obstáculos. Quien se compromete a recorrer un camino inexplorado habrá de retirar la maleza, se lastimará con las plantas urticantes, encontrará grandes piedras y árboles caídos que le obligarán a volver sobre sus pasos y abrir una senda nueva. No se equivocan las gentes cuando dicen aquello de que no hay caballo tan bien herrado que alguna vez no resbale. Eso te sucederá a ti, no lo dudes, y tendrás momentos de sano orgullo, pero también de grandes tribulaciones porque comprobarás que lo que has hecho no es lo que querías o te parece pobre y de escaso valor.

Gracián escuchó con respeto las consideraciones de Jan, pero pasaba por alto su tono grave porque no estaba en edad de dejarse abrumar por los obstáculos, sino de sentirse espoleado por los desafíos. Siendo todavía joven como era, los días transcurrieron lentos hasta que la hija de Möss descendió del carruaje y dejó que Guillermo llamara a la puerta de la casa de Van Eyck, una original construcción de piedra que la doncella examinó prudentemente mientras le franqueaban el paso.

—Siento no haber acompañado a la señorita Möss a la hora que mi señor anunció al maestro Jan —se disculpó Guillermo, un hombre mayor, encorvado y dueño de una voz profunda y un hablar pausado, pensó Gracián, de una persona de elevada dignidad—; en el camino nos hemos encontrado con un desfile que nos ha retenido demasiado tiempo.

—Yo también lo he visto —confirmó Gracián, queriendo tranquilizarlo—; han pasado por delante de esta casa. Eran dos mancos que mañana pelearán por un hermoso pato que alguien llevaba en una jaula. Mostraban orgullosos sus muñones, los cuatro por encima del codo. Uno de los rivales alardeaba, vanidoso, de que la porción de brazo que le quedaba, aun siendo pequeña, era la mayor de todas y gritaba que sería mortífera como una lanza del mejor acero. La gente festejaba sus ademanes de futuro ganador y otros jaleaban a su contrincante, que no paraba de hacer gestos obscenos. Todo el mundo cantaba y bailaba. Ha sido gracioso y mañana será un gran día para el que venza.

—A tal cosa quedan reducidos los heridos en las guerras —meditó el sirviente de Möss.

—Sin embargo... —empezó a objetar Gracián.

—Sí, sí, lo sé; peor quedaron otros, sin ocasión siquiera de participar en tal burla, y además son costumbres viejas que divierten a las gentes. Perdonad que el pensamiento se haya escapado de su cárcel y haya tomado la forma de las palabras. No es asunto sobre el que me corresponda opinar.

Gracián dirigió a Guillermo una mirada sorprendida, ya que no era frecuente esa liberalidad en la forma de expresarse un sirviente.

—¿El señor Jan recibirá a la señorita de inmediato? —preguntó Guillermo.

Y puso a Gracián en un brete, ya que no contaba con tener que responder a esa pregunta.

—Bueno, en realidad... —empezó diciendo para, después de carraspear, cambiar de rumbo—. En fin, daos por recibidos. El maestro me ha encargado que os franquee el paso. Por favor, señora, os ruego me acompañéis al taller.

Pauline permaneció en segundo plano, detrás de Guillermo, que siguió los pasos de Gracián. Cuando entraron en el taller, Guillermo lo inspeccionó con interés. En una esquina bien iluminada por uno de los ventanales, se había dispuesto un pequeño altillo de madera para la modelo y, a corta distancia, esperaba todo el aparejo propio del pintor.

—¿Esperaréis aquí o vendréis después a recoger a la señora? —preguntó Gracián, que deseaba que se marchase.

—Siento no poder quedarme. El día es corto y las ocupaciones muchas. Basta que acordemos una hora y pasaré a recoger a señora.

Gracián, satisfecho, le dijo que volviera cuando anocheciese y llamó al aprendiz para que lo acompañase hasta la puerta. Seguramente Guillermo le diría después a su señor que el oficial de Van Eyck había sido descortés, pero Gracián tenía mucha prisa por empezar su trabajo y en ese momento le interesaba mucho menos la fama que pudiera labrarse en virtud de su comportamiento. De hecho, él sabía que era de buen tono ceder el paso al acompañante, rogarle que tomase la primera pasta de la bandeja, invitarle a ocupar el mejor sitio en las ceremonias y otras muchas formalidades, pero creía que se trataba de una obligación reservada a las personas principales y le exasperaba que la insistencia en ser más galante que el otro demorase los gestos más sencillos durante un tiempo que no guardaba proporción con la importancia de lo que se trataba de hacer. El caso fue que no prestó más atención a Guillermo y se volvió hacia la joven Möss.

—Por favor... Perdón, creo que no sé vuestro nombre..., ¿podéis subiros a la tarima?

—Me llamo Pauline —le informó mientras caminaba hacia el lugar que le acababa de indicar.

Cuando oyó su voz, Gracián levantó la vista de los pinceles y la miró casi como a una aparición. Aquel timbre de voz, a la vez dulce y firme, casi con un toque masculino, le sonó a mar, al ruido de las olas que escuchaba por las noches cuando era un niño. No había vuelto a acordarse de aquellos años desde que, a las pocas semanas de llegar a Brujas, su maestro lograra hacer que el aprendizaje de la pintura ocupase toda su atención, pero quizás fue la sorpresa de escuchar esa voz la que hizo que Gracián se fijase en Pauline de una forma distinta a como miraba a las personas que posaban en el taller.

La hija de Möss vestía un largo traje de seda color rojo y se tocaba con un gorrito del mismo color. Se había quedado de pie sobre la tarima, casi firme, con las manos juntas recogidas sobre el regazo, esperando a que Gracián le diera más instrucciones.

—Debéis quitaros el tocado —le dijo— porque la Virgen no lo llevaba.

Pauline lo dejó sobre un bargueño pequeño que se encontraba a su derecha soltando, a la vez, una larga cabellera ondulada y rubia que recompuso batiéndola enérgicamente. Un aroma de lavanda llegó hasta Gracián que, hundido en su ensoñación, lo confundió por un momento con el salitre del mar. Acto seguido, el pintor estudió de qué manera la luz favorecería más a la modelo y le pidió que se colocase mirando hacia la entrada del taller, pero girando la cabeza de forma que él pudiera retratarla en posición de tres cuartos.

—Hacer esto requiere bastante paciencia. No sé si podré mantenerme inmóvil mucho tiempo.

—No os preocupéis —le tranquilizó Gracián—; no tenéis que convertiros en una estatua y descansaremos cada vez que lo necesitéis.

—No quisiera defraudar al maestro.

—Por eso no debéis preocuparos hoy. Seré yo quien haga el esbozo primero.

—¿Vos? —preguntó, alarmada—. Mi padre me dijo que sería el maestro Van Eyck quien...

—Y será él quien haga la pintura. Yo sólo empezaré el trabajo.

—No sé si mi padre estará de acuerdo con este cambio —le advirtió con gravedad.

—No existe cambio alguno, creedme. Si vos encargáis una silla a un carpintero, ¿pensáis que sólo el maestro tocará la madera? Lo mismo pasa en nuestro taller.

—Perdonad que insista: entonces, ¿no veré al maestro?

—Hoy no. Está con el duque. La semana que viene es su cumpleaños y lo ha llamado para que le ayude a preparar la escena de los festejos principales. Ya sabéis que es un gran colaborador de don Felipe —puntualizó Gracián, por ver si la mención del duque vencía las reticencias de Pauline.

—Si decís que así está hablado, sea, pero sabed que mi padre es muy exigente y no se conformará con cualquier resultado.

Gracián comprendía que Pauline se mostrase recelosa, pero no veía el momento de que dejara de protestar y adoptase la actitud que necesitaba para empezar su trabajo.

—Por favor, pensad que sois la mismísima Virgen. Bueno, en realidad, todavía no sabéis nada. Sois sólo una mujer joven que está casada con un carpintero. Vuestro marido está trabajando y vos os encontráis en casa. Eso sí, sois una persona dulce, afable, no sabéis lo que es un mal pensamiento y sólo sentís amor por vuestro esposo y por todo lo que os rodea. Lo que está ocurriendo en este momento es que delante mismo de vos un ángel ha tomado cuerpo. Donde hace unos minutos nada había, ahora os habla un ser joven, de cabellos ondulados, similares a los vuestros. Todo él, su cuerpo y sus largos ropajes, son blancos como la nieve y brillan como si estuviese rodeado de mil bujías. Pero no sentís miedo por la visión. La estancia donde os encontráis se ha vuelto muy cálida y notáis que vuestro corazón no se ha sobresaltado; al contrario, vuestro espíritu se siente en paz y escucháis serena y feliz las palabras en las que os anuncia que seréis la madre de Dios.

EL TRABAJO DE HISTORIA DEL ARTE DE SUSAN

Aunque tengas el teléfono en modo silencio, recibir un mensaje en la hora de Matemáticas es lo mejor para no enterarte de nada, sobre todo si concurren dos circunstancias: *a*, que todo el que suele enviarte mensajes está en clase, y *b,* que estás en clase del *Boxer* y ninguno de tus compañeros se atreve a gastarte bromas: «Estás en el instituto, majeta, esto no es la escuela, así que ve pensando que volveremos a vernos el próximo curso», es lo más delicado que se le puede ocurrir a ese lobo de las factorizaciones.

Eso es lo que le pasó a mi clase del lunes, tercera hora, primera después del primer recreo, primera hora de mi vida después de enterarme de que Lucía estaba saliendo con el Pirri desde el sábado: otra más que había caído en el cesto de ese cretino, ¡cómo lo odio! En fin, que me pasé la hora con la mirada fija en el teléfono a ver si soltaba el mensaje por algún lado aunque, como era previsible, fue que no: nada de nada. Por eso salté al pasillo en cuanto sonó el timbre, busqué en el menú y edité el mensaje recibido antes siquiera de que el *Boxer* saliera del aula: «Paso por aeróbic hoy a las siete. Saúl».

Así que cuando Nerea llegó a mi lado, yo la esperaba con una sonrisa de triunfo que ni Almodóvar recogiendo el Premio Oscar.

—Mira, tía, esto es un tío legal. Hasta estoy pensando que lo mismo está por mí...

Nerea cogió el teléfono, leyó el mensaje y no babeó de envidia. En absoluto. También ella me sonrió y me preguntó, con un poco de mala leche:

—¿Ah? Pero le diste tu número de móvil.

La respuesta era «no», así que no dije nada. Esperé la siguiente andanada de mi queridísima Nerea.

—¿Y cuándo dices que le contaste que vas a aeróbic los lunes?

Nunca. Yo no le había dicho eso nunca.

—Supongo, claro, que le habrás dado bien la dirección del gimnasio, no sea que se pierda y no pueda ayudarte a hacer el trabajo.

—¡Yo no he contado nada de todo eso! ¡Lo sabes!

—Pero él no debe de saberlo porque lo sabe todo. ¡Qué paradoja, ¿verdad?! Yo sé, tú no sabes, él sabe, no sabe...

Te imaginarás que la conversación con Nerea me puso la mosca detrás de la oreja. Alguien nos conocía a los dos y le estaba facilitando información sobre mí sin pedirme permiso. Pero yo no podía descubrir quién era si no tenía más información sobre Saúl: amigos comunes, dónde vivía, en qué trabajaba... Por otro lado, que Saúl fuese un desconocido no me preocupaba. Con el tiempo ya he aprendido que entre no saber nada de alguien y conocerlo casi todo puede que apenas medie una semana. La gente no tiene grandes secretos y la mayoría está deseando contarlo todo. Lo que escasea es ese tío que te escucha y que intenta poner a tu servicio su propia experiencia. Lo que sobra es gente que se pone a largar y te cuenta sus problemas de principio a fin como si fueran ellos los únicos a los que le ocurre algo. Digo, pues, que no me preocupaba que fuese un desconocido, sino que supiese tanto de mí. Eso hacía que me sintiera en desventaja y pensaba pedirle cuentas antes de pasar al siguiente punto. Se lo comenté a Nerea cuando caminábamos hacia casa y me dijo que me comprendía, y además me aconsejó que me anduviese con cuidado porque ella seguía sin fiarse nada de Saúl. Se ofreció incluso a acompañarme esa tarde —«y no te preocupes, que el trabajo será tuyo»—, pero le dije que no hacía falta.

Cuando salí del gimnasio, Saúl me esperaba en la puerta. Vestido con un largo abrigo de paño marrón y unos pantalones de algodón de tipo vaquero. Había un mucho de desaliño en su aspecto. Daban ganas de mandarlo a su casa a vestirse mejor o de cogerlo del brazo y protegerlo como si fuese un niño grande.

—¿Puedo saber cómo te has enterado de mi número de teléfono? —bramé.

Saúl no se esperaba un recibimiento así y no supo contestarme.

—Y lo del gimnasio —agregué—, ¿cómo te has enterado de que vengo a este gimnasio a esta hora?

La segunda pregunta le dio tiempo para pensar.

—Vaya una forma de recibirme. Creía que te alegrarías de verme... ¿Recuerdas que tenemos algo que hacer?

—No cambies de tema —me rebelé— y explícame cómo tienes toda esa información. Y dime, de paso, qué otras cosas sabes de mí.

—No sé, supongo que me lo habrás dicho tú.

—¿Yoooo? ¡De eso nada! Yo no he abierto el pico. Dime quién es el chivato.

—Nadie. No hay chivato.

—Entonces, tú me dirás.

Saúl suspiró, puso una expresión de contrariedad y, por fin, accedió a darme una respuesta razonable.

—De acuerdo, te lo contaré. Pero aquí de pie no pintamos nada. Si te parece, empezamos a caminar hacia cualquier sitio donde podamos sentarnos.

Acordamos ir a un café de Gran Vía, uno de esos bares estadounidenses con sofás y sitios para leer y escribir como si estuviera una en casa, y por el camino insistí para que confesara.

—No hay ningún chivato, de verdad. El único secreto es que te he seguido. La tarde que coincidimos en el museo, me contaste dónde estudiabas y al día siguiente fui hasta allí. Sois muchos estudiantes y el instituto está en una calle muy concurrida, así que no me ha costado trabajo esconderme. Igual que una hormiga en un hormiguero. Ha habido momentos en que he estado a menos de un metro de ti y no te has dado cuenta. Así me he enterado de dónde quedabas y con quién, de tu número de teléfono y de otras cosas sin importancia. Ahora sé qué estudios se te dan bien y cuáles no, lo que sacaste en el examen de Literatura del miércoles. También sé dónde vives y sé que andas dudando si fumar o no, porque Teresa te alarga el cigarro y a veces lo coges para dar una calada y a veces no. En estos días he aprendido mucho sobre ti.

—O sea, que eras tú.

—¿Yo? ¿Quién?

—Durante estos días he sentido que alguien me seguía.

—Bueno, he hecho lo posible para que no te dieras cuenta. Me hubiese muerto de vergüenza.

—¿Tú? Eso sí que no me lo creo. Lo que tendrías que hacer es explicarme con qué permiso te has metido en mi vida —le reproché, tratando de mostrarme indignada.

Y entonces dijo:

—Porque me gustas mucho.

—¿Cómo? ¿Así por las buenas? ¿Sin más ni más? —le dije, le pregunté, le pedí que me aclarara, confusa como un pulpo anudado.

—¿Es que se necesita algo especial? ¿Quizás un permiso para que me gustes?

Saúl hablaba con una calma que contrastaba con mi turbación. Otros chicos me han pedido salir, pero ninguno me ha dicho «me gustas» antes de nada, y algunos ni siquiera después.

—¿Y cómo es posible eso si apenas nos vimos aquella tarde, cuando, por cierto, huiste como un criminal?

Saúl sonrió:

—¿Te refieres a la primera vez?

—A ésa misma.

—Me fui porque tenía que trabajar. Ese día entraba de noche y se me fue el santo al cielo estando contigo. Cuando abriste la puerta del taxi vi la hora en el reloj del salpicadero y no me dio tiempo a explicar nada. Salí corriendo, pero pensaba buscarte en cuanto pudiera.

—Bueno, pues ésta sí que es buena. ¿Y ahora qué tengo que hacer yo?

—Nada. Si quieres, no volveré a verte y, si quieres, sí. Eso es todo.

Habíamos llegado al café y yo había decidido que mientras fuera cierto que no exigía nada, no me costaba salir con él de vez en cuando. Era un bicho raro, pero educado y culto, no como otros que se quedan sólo en lo de bichos. Pedimos un par de coca-colas y nos sentamos en una mesa alta con vistas a la calle —o a lo mejor era la calle la que tenía vistas al café— porque no quedaban tresillos. Un guardia municipal procuraba que los coches no se detuvieran en el cruce de la plaza de España, aunque sin éxito.

—Cuando quieras hacemos el trabajo —se ofreció Saúl.

—Aquí tengo un cuaderno. Puedes empezar a dictarme cuando te apetezca.

—¿Qué es lo que sabes?

—Casi nada.

—Como la mayoría de la gente. De *La Anunciación* se sabe muy poco. Los estudiosos no se ponen de acuerdo con la fecha, aunque ya te dije que se pintó en 1437. Por lo visto no existe ninguna documentación sobre él. Los libros que se han escrito sobre Juan de Brujas no mencionan el cuadro hasta 1934.

—¿Juan qué?

—He dicho Juan de Brujas. Jan van Eyck. Aquél era el nombre con el que se le conocía en España. Este tipo de cosas son normales. De hecho, su apellido hace referencia al lugar donde nació: Maaseyck.

—Bueno, sigue, eso no me interesa mucho.

—Bien, el caso es que durante quinientos años, las tablas estuvieron perdidas y luego salieron a la luz. Han estado en Lugano, en Suiza, mucho tiempo, y ahora están aquí. Por lo demás, ya sabes que están pintadas sólo con blancos y negros. Se trata de la grisalla más ingeniosa de las que hizo Van Eyck. Había pintado otras, por lo menos dos conjuntos, con la misma técnica. En los dos casos, el espectador sufre la ilusión de que está ante una escultura, pero en la de la colección Thyssen se añade un detalle que es ese aura que se coloca junto a las figuras y que consigue simular la existencia de un cristal detrás de ellas.

—Más cosas...

—No hay más cosas que los historiadores del arte den por ciertas, pero sí hay una historia terrible a su alrededor.

—Pues cuéntamela.

—¿Estás segura de que quieras oírla? No creo que tu profesora te puntúe por ello y quizás pierdas mucho tiempo.

—O lo mismo no puedo dormir esta noche de puro miedo, ¿no?

—Como quieras, como quieras. El caso —empezó— es que el cuadro fue un encargo que le hizo a Van Eyck un rico mercader alemán establecido en Brujas. El mercader le exigió al maestro que para pintar a la Virgen tomase como modelo a su hija y el maestro aceptó. A él le daba lo mismo, entre otras cosas porque la tabla no sería expuesta en ninguna capilla. Por entonces, en el taller de Van Eyck trabajaban tres oficiales pero uno, de nombre Gracián, era especialmente querido por el maestro. Da la casualidad de que era español. Había acompañado al pintor cuando éste vino en un viaje secreto a Valencia para negociar el matrimonio de su señor con una aristócrata aragonesa. Era un joven dotado para la pintura de manera singular. A pesar de ser el más joven de los tres era la mano derecha de Eyck, el que el maestro confiaba que fuera el continuador de su obra. Sólo a él llegó a transmitirle una parte del secreto que todos los pintores y estudiosos de la época y de muchos siglos después se han preguntado sin cesar: lo que os conté el otro día sobre la forma en que trataba el óleo para que los colores adquirieran una viveza sin igual.

Saúl hizo una pausa para mojarse la garganta con un sorbito de refresco y le pregunté si él sabía cuál era ese secreto.

—Eso nos desviaría del tema. Lo importante es que Van Eyck le encargó al oficial que bosquejase las figuras del arcángel y de la Virgen, lo que no gustó al comerciante. El trabajo lo terminó Van Eyck. No cabe ninguna duda de que se trata de un trabajo suyo y, de hecho, el propio comerciante reconoció que era una obra mucho mejor de lo que esperaba. Pero el caso fue que el oficial y la hija del comerciante se enamoraron. El joven estuvo al lado del maestro durante toda la ejecución de la tabla y terminó por prendarse de su belleza y de su personalidad fuerte y decidida. Cada día disponían de unos minutos para conversar entre ellos porque el maestro solía retirarse antes de que un coche de caballos llegase a recoger a la joven. En esas conversaciones, mantenidas a la luz débil y triste de los atardeceres, fueron enredándose los sentimientos de uno y otra. El muchacho empezó a enfermar de melancolía cuando se dio cuenta de que el avance de su maestro en la tarea suponía la aproximación inevitable del fin de su felicidad. Pero, a la vez, conforme el cuadro ganaba semejanza con la realidad, más noches se levantaba de su cama y bajaba hasta el taller, donde envuelto en media docena de mantas, se sentaba en el suelo y miraba el cuadro de su amada hasta que el frío le enrojecía la nariz.

»En cuanto a Pauline, que así se llamaba la joven, sus sentimientos eran semejantes. Cada mañana urgía al servicio con discreción pero con firmeza para que le tuvieran todo preparado porque, decía, había quedado con el maestro y no era de buena educación hacerle esperar. En realidad, lo que deseaba era ver lo antes posible al joven Gracián y desearle los buenos días, mirarlo a los ojos negros y profundos que tenía y dejar que el día corriese para tener de nuevo la oportunidad de charlar a solas con él, como cada tarde.

»El día que Van Eyck anunció que la tabla estaba prácticamente terminada y que con que Pauline fuese un día más sería suficiente, los dos jóvenes vieron cerrarse el cielo sobre ellos. "¿Qué haremos?", se preguntaron. "No podré vivir sin verte", decía él, y ella asentía: "Yo no volveré a levantarme de mi lecho". Ella propuso que se citasen en la iglesia, durante la misa, como hacían tantos otros jóvenes de su edad, pero Gracián no podía conformarse con eso. "¿Y qué haré cuando te vea llegar con tu padre, con tu madre y con ese ricachón egoísta, gordo y feo con el que seguro que te comprometerán?"

»La tabla del arcángel se hizo después de la de la Virgen. Aprovechando esa circunstancia, Pauline logró convencer a su padre de que le dejase visitar el taller del maestro, pero tener que limitarse a esos encuentros aislados después de haber tomado la costumbre de verse y hablarse todos los días, lejos de apagar su deseo, acentuaba todavía más su angustia. El cambio de humor de Pauline pasó inadvertido a los ojos de su padre, pero no a los de su madre, que compartía mucho tiempo con ella y, al fin y al cabo, como era mujer conocía mejor las reacciones de la joven. Cierto día consiguió arrancarle la verdad bajo promesa de que el secreto no saldría de su boca. La madre pensaba que su hija estaba enamorada de algún joven de su círculo y que, a los ojos inocentes de ella, parecía no corresponderle. Su intención era serenarla y explicarle el modo en que a veces los hombres gustan de hacerse de rogar. Confiaba la madre en que, al ser como sería, un asunto de chicos, el joven terminaría por rendirse ante Pauline y las cosas ocurrirían como deben ser en la naturaleza y en el mundo de las personas. Pero cuando la madre se enteró de quién había robado el corazón de su pequeña comprendió que no podía esconder el secreto y se lo contó a su marido.

»El comerciante Möss montó en cólera. No comprendía cómo en el taller de una persona de la reputación de Van Eyck podía haber ocurrido eso pero, desde luego, no estaba dispuesto a transigir. Recordó entonces que ya se había disgustado cuando Pauline le dijo que era el oficial quien había iniciado el dibujo de la tabla y encontró una razón en la que apoyarse para engrandecer su enfado con el pintor.

Saúl contaba la historia sin dejar de mirarme a los ojos, como si así se asegurara de que no me perdía ni una sola palabra. La verdad es que el interés de aquello era relativo pero cuando vi llegar una de Romeo y Julieta me pareció, definitivamente, que allí o faltaba miga o sobraba entusiasmo. Para tomar aire —para que lo tomara yo, quiero decir— le detuve con un gesto de la mano y le pedí que me dejase ir un momento al baño. Cuando regresé hubiese jurado que se había transformado en un árbol, inmóvil como estaba en la misma posición en que lo había dejado. En cuanto al relato, continuó con idéntica entonación y con el mismo volumen de voz, el mismo tono, el mismo rostro que parecía de visionario.

—Ese mismo día, Möss fue en busca de Van Eyck y se entrevistó con él durante unos minutos en un pequeño gabinete donde el pintor recibía a las personas con quienes debía despachar asuntos delicados o muy particulares. Naturalmente, no se conoce con detalle el contenido de la conversación, pero es fácil suponer que, en esencia, Möss le pidió explicaciones a Van Eyck de lo que había sucedido en el taller mientras se pintaba la tabla y le exigió que alejara a su oficial de la ciudad de Brujas.

»Cuando, más tarde, Van Eyck llamó a Gracián, estaba enfadadísimo. "¡No sé cómo has podido ser tan descuidado! —le reprochó—. Möss está indignado y, si te digo la verdad, no tengo otro remedio que comprenderle. Has utilizado mi taller para embaucar a su hija, has puesto en peligro el nombre de mi taller y has hecho que ese hombre se sienta burlado por Van Eyck." Gracián no contaba con que su maestro se enfadase de aquel modo pero, sobre todo, con que se creyese burlado por él. Gracián se hubiese abierto las venas por su maestro; para él, Jan había sido su auténtico padre, la persona que le había enseñado todo lo que merece saberse acerca de esta vida. Era verdad que también le había hablado del amor entre los hombres y las mujeres y que le había dicho que el amor no siempre surge donde conviene y que cuando crece en el lugar inadecuado hay que terminar con él. Pero él no creía que lo que sentía por Pauline pudiese estar prohibido y así se lo dijo, con un hilo de voz, apesadumbrado, hundido, derrotado al saberse objeto de la ira de su maestro.

»Van Eyck leyó en los ojos de Gracián el dolor inmenso que le habían producido sus palabras, pero se mantuvo duro cuando tuvo que explicarle que él era sólo un artesano y Pauline Möss la hija de un acaudalado comerciante de la ciudad. Ninguno de los dos era noble, pero Gracián estaba varios escalones por debajo de Pauline. Nunca podría aspirar a un matrimonio con ella. "La dote que Möss entregará algún día a quien despose a su hija será cien veces mayor de lo que tú puedas poseer. ¿Te das cuenta de hasta qué punto es ridículo lo que pretendes?" Van Eyck le puso a Gracián las gafas que precisaba para comprender lo que las relaciones que mantenía con Pauline significaban para Möss. Ni Pauline ni él habían hablado de contraer matrimonio; simplemente se querían, estaban bien el uno junto al otro. Pero para sus padres, las jóvenes no tenían tiempo de sentir cariño por alguien equivocado y él, Gracián, era una de esas personas equivocadas.

»Según la conversación entre Van Eyck y Gracián fue estirándose, el enfado del maestro se tornó pesadumbre. "Ahora tendrás que irte —le anunció—. No hay otra solución; Möss lo ha exigido —reconoció, hundiendo la cabeza bajo los hombros— y yo mismo veo que es lo mejor que puede hacerse. No sabes lo que me cuesta. Había pensado que tú continuaras con mi taller cuando yo muriese o quedase incapaz de tomar con criterio los pinceles, pero ahora debo renunciar a ello..." Van Eyck dijo que se sentía como un padre presenciando cómo su herencia entera ardía en una hoguera y añadió que tendría que acostumbrarse a la idea de que fuese Petrus quien ocupara el lugar de Gracián. "El pobre Petrus —dijo—, tan, pero que tan pobre pintor en comparación con Gracián." Gracián comprendió que no debía discutir con su maestro y que su vida habría de tomar un nuevo rumbo. Se limitó, pues, a preguntarle de cuánto tiempo disponía y el maestro le comunicó que no más de dos días, el necesario para hacer un equipaje ligero y pensar en un nuevo lugar donde vivir. Van Eyck le prometió escribir una carta de presentación y darle un listado de direcciones a las que podía acudir y donde sería bien recibido yendo de su parte. No es preciso decir que cuando se separaron lo hicieron con un torrente de lágrimas en sus ojos.

—¿Y la tabla? —le pregunté—. ¿Qué fue de ella?

—Möss tenía que llevársela a su casa...

—¿Y los dos chicos?

—Gracián trató de acercarse de nuevo a Pauline durante esos dos días. Intentó que algún chiquillo de la calle le llevase una nota a su casa, pero ninguno quiso, como si todo Brujas estuviese al tanto de que Möss se oponía a esa relación. Hizo guardia delante de su puerta, pero Pauline no salió ni su ventana se abrió en todo ese tiempo. Sólo se acercaron a él dos guardias que Möss envió y que le amenazaron con molerlo a palos si no desaparecía en aquel mismo momento. Lo único que le quedaba a Gracián era recurrir a la brujería, y no dudó en hacerlo.

—¿Has dicho brujas? —le pregunté, incrédula.

—Hoy te parece una pérdida de tiempo, pero entonces no lo era. Los reyes y los nobles más poderosos tenían adivinadores a su servicio y les consultaban con frecuencia qué debían hacer. Gracián sabía dónde vivía Freda y, la última noche para la que tenía permiso de residencia en la ciudad, fue a visitarla. Freda vivía en una casa apartada de la ciudad, al otro lado del río. El camino era difícil porque sólo era una senda estrecha invadida por matorrales y plantas espinosas.

—Como en los cuentos de siempre —anoté, con un poco de sarcasmo.

—A Freda no le gustaba ese aislamiento —siguió contando Saúl, que no se había percatado de mi doblez—, pero ella, una mujer sola y bien avenida con el mundo de las plantas, necesitaba ir pocas veces a la ciudad y, cuando se quiso dar cuenta, el camino se había llenado de una vegetación que sus pocas fuerzas no le permitían clarear adecuadamente. Eso incrementaba su fama de mujer huraña, cuyo origen, por otra parte, estaba en sus propios clientes. Eran éstos, celosos de que los secretos que le habían contado a ella no trascendiesen a otros vecinos, quienes hacían que pasase por una mujer a la que, por intratable y de poco fiar, era mejor mantener alejada del pueblo.

»El caso es que Gracián llegó hasta su casa y le contó el motivo de su desgracia. Freda le preguntó qué quería y el joven le pidió una tontería: "Quiero que hechices a Möss para que permita que me case con Pauline". La bruja lo miró lentamente y le contestó, con la sabiduría de las personas mayores más que con la de las hechiceras: "Lo que me pides es imposible. Pero si mi magia pudiera hacerlo, a continuación tendría que utilizarla para quebrar la voluntad de la mujer de Möss, y después la de otros familiares, y después la de la ciudad entera. La magia no lo puede todo, hijo". Gracián la escuchó desilusionado y protestó con desabrimiento: "Entonces, ¿qué puede hacer tu magia?". Freda se tomó su tiempo antes de contestar, como si meditase si valía la pena contarle aquello al muchacho. Por fin, dijo: "Puedo hacer que la obra de tu maestro permanezca junto a los hombres hasta el fin de los tiempos". "Eso no es suficiente; yo quiero a Pauline", se quejó, enrabietado, contra un arte que valía para tan poco. Freda lo calmó con un gesto de su mano. "Debes olvidarte de Pauline —le aconsejó—. Pero alguien que la quiera como dices que la quieres debería alegrarse más de lo que tú te alegras de que su retrato dure y perdure mucho más de lo que es razonable pensar para un débil trozo de madera."

—Mala hechicera era aquélla —me permití observar.

—Bueno, el caso es que la tabla ha sobrevivido ya quinientos años...

—¡Como otros miles de pinturas de aquellos tiempos!

—Sin embargo, no sabemos cuánto durarán las demás.

—¡Ni ésa!

Me pareció que Saúl era demasiado obstinado en un asunto tan simple, y se lo hice saber.

—Pero ¿de verdad crees en todo ese cuento de la bruja? Lo otro supongo que sí es interesante, aunque no entiendo mucho de Historia del Arte, pero lo de esa bruja de pacotilla...

—Tú me has pedido que cuente algo sobre *La Anunciación*. Ahí tienes una buena historia. Aprovéchala o déjala correr, pero no me juzgues por lo que yo creo o no creo.

—Sí, la historia me la has contado, pero me gustaría saber de dónde has sacado esa información.

—La sé.

—¿Dónde la has leído? Mi profesora me pedirá que cite las fuentes; o sea, los libros que he leído para escribir eso. ¿Qué le digo?

Saúl dejó pasar un par de segundos antes de contestar.

—Dile que la historia está recogida en el *Diario de Gracián Brull*.

—¿La editorial? ¿El año de publicación?

—Edición del autor. Sobre 1500.

—¡Pero si la imprenta se inventó pocos años antes!

—Pero había libros. Siempre los hubo.

—De acuerdo, de acuerdo. *Diario de Gracián Brull* has dicho, ¿no?

SAÚL QUEDA DE ACUERDO CON INGE

Saúl se encaminó hacia la escalera que conducía al altillo, pero la puerta estaba cerrada. Se asomó entonces al patio y vio a Inge, vestido con un mono y protegiéndose la nariz con una mascarilla mientras lijaba un aparador de gran tamaño. Inge dejó el trabajo, se acercó a Saúl y enseguida dedujo quién era el visitante. Le indicó con la mano que le siguiera, abrió la puerta y precedió al muchacho mientras subía al altillo.

—Empezaba a preocuparme. El trabajo está listo desde hace tres días y tengo prisa por terminar con este asunto. Temía que llegases tarde.

—¿Y su... su mujer —le preguntó mientras buscaba el cuadro con la mirada.

—Ha salido, pero da lo mismo. Hablaremos nosotros.

Inge se acercó a su mesa y con ayuda de un destornillador levantó uno de los paneles frontales. La mesa estaba hueca y tenía, dentro, el paquete que buscaba Saúl.

—Este lugar tiene muchos escondites —observó Saúl.

—Los objetos delicados hay que guardarlos muy bien.

Inge sacó el cuadro, envuelto en una tela de algodón blanca, y lo apoyó en la mesa. Retiró el envoltorio y mostró su trabajo a Saúl. Éste lo tomó en sus manos y lo llevó hasta el sofá para apoyarlo en el asiento y, en cuclillas, observarlo a cierta distancia.

—Es bonito —dijo.

—¡¿Bonito?!, ¿has dicho bonito, hijo? Esto es mucho más que bonito. Esto es una pieza única, un trabajo irrepetible.

Saúl se encogió de hombros.

—No entiendo de cuadros. Siento no poder apreciarlo mejor.

En ese momento, Inge hubiese preferido que fuese Volk el que estuviese en su estudio porque él sí sabía apreciar ese trabajo. Pensó que era triste que los únicos ojos que iban a ver su obra fuesen los de un rapaz tan bruto como aquél.

—¿Cuándo te lo llevarás?

—El mejor día será el domingo. Como hoy es miércoles, será dentro de cuatro días.

—¿Por qué entonces?

—Porque el lunes cierran los museos y eso nos da un plazo de treinta horas muy interesante. Si algo sale mal, tenemos tiempo para modificar el plan original y si sale bien, que saldrá, dispongo de todo ese tiempo para marcharme. Comprenderá que no voy a quedarme aquí para ver si alguien descubre lo que ha ocurrido.

Inge meditó sobre el tiempo que le daba Saúl.

—Puedo asegurarte que si tú cuelgas la tabla y sales por tu propio pie, nadie se va a enterar. El único riesgo estaría en que lo mirase alguien con mucha nariz porque aunque tiene secantes muy rápidos, algún resto puede tardar más tiempo en desaparecer, pero como estará tras un cristal no corremos ningún riesgo.

—De todos modos...

—Entiendo que quieras ponerte a salvo. Puedes hacer lo que consideres oportuno. Eso sí —añadió—, si ocurriese algo que me obligase a adelantar el día, tendrías que hacerlo aunque no sea el domingo.

—Eso le costaría más, le advierto, porque el riesgo sería mayor.

—De todos modos, no creo que llegue a darse el caso —le tranquilizó Inge.

El anticuario se sentó sobre la mesa e invitó a Saúl a hacerlo a su lado. Saúl percibió que su anfitrión necesitaba que la conversación se relajase, que perdiese la tensión de un acto criminal.

—Mira, chico, no sé quién eres ni a qué te dedicas, además de a estas... *chapas,* llamémoslas así. Pero incluso ante un desconocido como tú me resisto a pasar por un delincuente —dijo Inge, enérgicamente.

—No tiene que excusarse. A mí eso me da igual.

Inge alzó la mano a la vez que retiró su cabeza hacia el lado opuesto al de Saúl: «No se trata de eso», parecía indicar.

—Yo no quiero cambiar esa tabla por la original. No la quiero para nada. Alguien me ha encargado el trabajo, un coleccionista con más dinero que estrellas tiene el cielo, que se ha encaprichado de esa *Anunciación*. Él es el delincuente; no yo, que tengo las muñecas atadas —Inge se acompañó con un gesto—, más, mucho más que otras veces. Pero ahora no seré su cómplice... —se detuvo: parecía sorprendido de estar utilizando esas palabras: «cómplice, delincuente»—. Así que lo que quiero es adelantarme —dijo, poniéndose en pie y empezando a caminar por la habitación—. Tú harás el trabajo que quiere hacer él, cambiar el falso por el original, y cuando mi cliente venga para llevarse lo que cree mi copia, se llevará el cuadro verdadero y lo que hará será reponer el original en su sitio. Él se llevará a su casa mi tabla y el museo recuperará la suya, ¿entiendes?

—No es difícil de entender, pero parece un poco raro. No sé por qué se arriesga usted. Como comprenderá, si me pillan, voy a cantar su nombre a la primera. Y seguro que usted no tiene pruebas de que su cliente le haya hecho tal encargo, ¿verdad?

—Cuento con ello, claro. Pero es una cuestión de estar bien conmigo mismo. Hace años ya trabajé para él y por eso tuve que venirme aquí, a miles de kilómetros de mi casa. Ya no tengo ni edad ni ganas de volver a huir. Si mi coleccionista falla, me trincarán, se dice así, ¿verdad?, me trincarán por falsificador. Si fallas tú, añadirán a ese cargo el de inducción al robo o algo similar. Pero prefiero arriesgar ese plus y quedarme con la conciencia tranquila.

—Como usted quiera. Le aseguro que haré lo posible para que no me descubran.

—Bueno, pues entonces sólo falta que quedemos para el domingo.

—No vendré antes del amanecer.

—Otra cosa. Necesito tu teléfono por si surge algo.

—No se preocupe. Le aseguro que siempre llego a tiempo.

—Dime dónde estarás, dónde puedo encontrarte —casi suplicó Inge, angustiado ante la posibilidad de que todo se le viniera abajo.

—Estaré estudiando qué tiene ese cuadro para que sea tan valioso —dijo, mientras abría la puerta.

Con la otra mano, señalaba con indiferencia la tabla que había quedado en el sofá.

LAS DUDAS DE MAITE

—¿El *Diario de Gracián Brull?* ¿Edición del autor? Pero Susan, ¿tú estás de guasa?

—¿Por qué lo dices?

—Porque ese libro no existe. No hay datos sobre él en la base de datos de mi librería ni se le conoce en la Agencia Nacional del Libro. Y también porque no conozco a ningún Gracián Brull, y he hecho mis pesquisas. Y porque si existiesen el uno y el otro tú no tendrías acceso al libro, seguro. Y, por último, porque si lo tuvieses no entenderías nada porque no entiendes el idioma que se hablaba en Holanda en el siglo XV.

—Pero Gracián Brull era español.

—Pero, por favor, Susan...

—¿Es que no puedo entender el castellano antiguo?

—Casi seguro que no, pero el valenciano antiguo menos aún. Y ese Brull, si sabía escribir y no utilizaba el neerlandés lo haría en valenciano, no en castellano.

Ahí me sentí tocada. Ignoraba lo del valenciano antiguo.

Pero cargué nuevos cartuchos con argumentos a mi favor, aunque Maite se me echó encima.

—¿De dónde te has sacado a ese artista? Simplemente no ha existido nunca. Nadie habla de él. No aparece en ningún estudio sobre Van Eyck. Este trabajo es un puro cuento. Enséñame el diario y te creeré.

—No lo tengo —reconocí.

—¡Porque no existe!

—Te prometo que no te engaño. Todo lo que he escrito es cierto. ¿Has leído algo distinto sobre ese cuadro? ¿Algo que haga imposible lo que cuento en esas páginas? —señalé el trabajo, que Maite había dejado sobre la mesa como un policía el arma homicida.

—No, no, desde luego que no.

—Entonces, ¿por qué dices que esto es mentira? —le pregunté, tratando de llevar la discusión al absurdo.

Lo curioso —me doy cuenta ahora que lo repaso— es que en el acaloramiento de la discusión llegué a creer que estaba defendiendo una causa justa, aunque tenía las mismas reservas que Maite.

—Porque la ciencia se construye a partir de documentos, Susan. Si no hay diario no hay pruebas, y si no hay pruebas no hay verdad. Reconozco que es una historia ingeniosa y estoy dispuesta a aprobarte porque sé que ese cuadro te ha sorprendido mucho y porque has inventado algo que podría ser cierto, aunque esto sea por casualidad. Incluso hablaré con Laura, la profesora de Lengua, para que tenga en cuenta el trabajo como una obra de creación. ¡Pero como trabajo de Arte sólo puedo admitir los dos primeros párrafos!

Como en el fondo me conformaba con el aprobado, dejé de discutir con Maite, pero confieso que no me gustó nada tener que doblegarme...

LA CONFESIÓN DE SAÚL

El viernes por la tarde fuimos a *Xambó,* otra vez por la plaza de España: mucha faldita de vuelto con bota alta, demasiada gomina en los tupés, aspirantes a camioneros, peluqueras en cierne, música para monstruos, camareros que te miran por encima del hombro, ambientador barato, servicios estrechos. Como ves, el peor lugar para pasar las primeras horas del fin de semana. Como para salir deprimida y quedarte el resto del *finde* ayudando a tu madre a hacer limpieza general.

Fuimos allí porque en eso consiste ser de un grupo: hoy te sacrificas tú y mañana el otro. Y porque, en el fondo, de lo que se trata es de salir. Una vez que estás dentro y empiezas a moverte, lo que te parece malo al principio pasa a regular y, si hay suerte, hasta puedes llevarlo con gusto. El entretenimiento mayor es reírse de las quinceañeras, que se pintan como monas y se ponen ojos color morado boxeador. Son tremendas estas chiquillas que nos vienen por detrás. No reparan en nada ni en nadie y luego les pasa lo que les pasa... En fin, allá ellas; nosotras, desde luego, no éramos así.

La cuestión es que compartimos la tarde con toda aquella fauna. A mí me gusta bailar incluso la música del telediario, como dice mi madre, así que en cuanto colocamos los abrigos, me fui a la pista. Para mí bailar es muy importante porque me sirve para reconciliarme con los malos rollos de la semana. Cuando llevo tres horas o cuatro sin dejar de moverme ya me he reconciliado con el ejercicio aquél de Matemáticas que terminó de roerme un trozo de hígado y hasta me apetece darle un abrazo a Irene y a su manía de atarse cascabeles al pelo, igual que si fuese una oveja llena de esquilas. Mi amiga Soraya dice que ella no baila porque juega al fútbol y se relaja cuando clava el codo en las amígdalas de una contraria mientras le disputa un balón o al soltar un taco gigantesco cuando le ponen la zancadilla y da vueltas por el césped artificial como una croqueta por el pan rallado. Cuestión de gustos, ya ves...

El caso es que aquel viernes era el último del mes. Y ¿qué me había ocurrido durante los días anteriores? Pues Saúl, entre otras cosas. Así que al ritmo que marcaba el desatino del *diyei* tuve que vérmelas con Saúl. Con Saúl en el museo, en la clase de aeróbic, dando un paseo por los alrededores de la Plaza Mayor, desplegando unos conocimientos que parecían muy superiores a los de Maite y sin soltar prenda de nada: ni trabajo, ni estudios, ni proyectos, ni aficiones ni nada o casi nada. Un tipo misterioso que me había dicho que yo le gustaba como quien dice que está lloviendo: por la naturalidad con que le sale de la boca y porque luego no hay nada más. Te lo dice una vez y ya no se supo más de todo aquello. Aparece y desaparece según su capricho.

El caso es que Saúl no se me iba de la cabeza. De hecho, me parecía verlo en la barra cada vez que giraba, con su peculiar manera de estar, acodado para no cansarse. Desde luego, no le hacía yo perdiendo el tiempo en una discoteca y por eso me divertía suponer que aquel chaval era él e imaginar —desde lejos no llegaba a verlo— que había venido por mí y que yo era la responsable de esa cara de circunstancias con la que estaría sobreviviendo a esa experiencia.

Lo mejor de todo es que resultó ser él. Jugué tanto a mirarlo que creyó que lo había reconocido y, en cierto momento, abandonó su observatorio y vino hacia mí. Cuando se acercó, le sonreí con el escepticismo que se merece esa persona que esperas encontrar en cualquier sitio menos en ése y él, que o no se dio cuenta o procuró no dársela, correspondió con una leve inclinación de cabeza y me preguntó a voces y al oído si tenía para mucho o pensaba dejarlo pronto.

Si te he explicado todo lo anterior ha sido, en parte, para que comprendas por qué rompí mi costumbre de bailar hasta la deshidratación y paré casi de inmediato. Le di la mano para guiarlo hasta el sitio donde tenía mis cosas y nos lanzamos a la suave noche otoñal de Madrid. El permiso de Cenicienta terminaba una hora y media después, pero me propuse que esa vez no iba a dejarme montada en un taxi y que le haría emplearse a fondo, ya me entiendes.

Cuando me dijo que tenía un poco de hambre, no sospeché que su plan era merendarse tres donuts del ya desaparecido *Dunkin*. Pero menos todavía podía imaginar que su pretensión era llevarme a comerlo a un banco del parquecito de la misma plaza de España. Estuve por protestar: para venir aquí me quedo ahí dentro, que tengo menos frío y bailo hasta reventar, que es lo que me gusta. Sin embargo, le di cinco minutos de plazo y esos fueron los que me arruinaron el fin de semana.

—Necesito que me hagas un favor muy grande.

—Tú dirás —le contesté, sin creerme demasiado eso del gran favor.

—Antes de nada —dijo—, ¿le gustó a tu profesora el trabajo?

Ahí lo esperaba yo:

—No sé si el favor que vas a pedirme es para pagar el que tú me hiciste. Porque si es así, despídete del mío. Nada de lo que me has contado me sirve.

—¿Qué dices? —se extrañó.

—Lo que oyes. Mi profe no se lo ha tragado. Dice que es un cuento. Que sin pruebas eso no vale para nada. Lo que yo te dije, vamos.

Saúl se encogió de hombros, despreocupado.

—Bueno, ¿y qué? Las cosas sucedieron así. Si no se lo cree, peor para ella. Al fin y al cabo, pueden pasar otros quinientos años sin saberse la verdad. Vamos a lo otro, si no te importa.

Descubrí entonces que si me llegan a suspender le hubiese importado poco.

—Si insistes...

—Necesito —dijo tragando el último bocado— que me ayudes a robar el cuadro de *La Anunciación*.

¿Qué te parece? Yo pasando frío y el cantamañanas de Saúl proponiéndome el robo de un cuadro. ¿Tenía que haberme ido sin que mediase una sola palabra más? Puede que sí, pero no lo hice. Me dio por tomármelo a guasa.

—¡Ah!, muy bien. ¿Vamos ahora o esperamos a que abran?

—No es una broma.

—¡No, qué va! Proposiciones como ésa se la hacen a una todos los días. Espera que haga cuentas de los museos que llevo robados: uno, dos, tres...

—De verdad, Susan. Te hablo completamente en serio. En realidad no se trata de robarlo, sino de cambiarlo. Tú pasarás una copia del cuadro, yo lo cambiaré y tú sacarás la obra original.

—Muy sencillo —bromeé—. ¿Necesito aprender contorsionismo para evitar las alarmas, artes marciales para pegarme con alguien o me vas a regalar un *spray* con pintura que te hace invisible durante un par de horas?

—Por favor, hablo en serio. Sé que te parece increíble, pero para mí es un asunto muy importante. Por favor, no digas nada hasta que no te lo cuente todo. Pero nada, por favor.

De la hora y media habíamos consumido unos veinte minutos. Total, de perdidos al río, que suele decir mi padre, así que me resigné y me dispuse a escuchar.

—Recuerdas que el otro día me preguntaste qué fue de aquella tabla.

—Sí.

Iba a añadir que la curiosidad no me mataba, pero Saúl me interrumpió y me rogó otra vez que le escuchara.

—Te dije que debía llevársela Möss, pero de hecho no se la llevó. Gracián Brull conservaba una llave del taller de Van Eyck. Era una llave que alguien de la casa le había dado hacía ya un tiempo y que nadie recordaba que existiese, así que nadie se la pidió cuando se fue. Cuando se vio irremisiblemente condenado a no volver a ver a su amada, no le importó traicionar a su maestro que, al fin y al cabo, se había plegado a las exigencias del cliente en lugar de defenderlo a él. El día en que se despidió de Van Eyck y de los otros oficiales y aprendices del taller, anduvo vagabundeando por la ciudad sin decidirse a tomar ningún camino fijo y confiando en ver casualmente, y aunque sólo fuera por unos minutos, a Pauline Möss. Pero llegó la noche y la fortuna no se había puesto de su lado. Entonces fue cuando se debatió entre la obligación de respetar a Jan y la pasión de llevarse a Pauline, siquiera fuese plasmada en una tabla de cedro. Y venció la pasión.

»Gracián robó la tabla. Durante varias jornadas avanzó de noche y durmió de día para aprovechar que aquéllas eran más largas y para no encontrarse con nadie en el camino. Después de abandonar el reino, coincidió con unos comerciantes castellanos a los que les dijo que volvía a León después de que su protector hubiese muerto un mes atrás sin dejarle nada más que deudas y mal humor. Los castellanos consideraron que sería interesante llevar compañía que los distrajera de sus conversaciones habituales. Gracián había olvidado buena parte de su lengua, pero recordaba que era similar a la de los castellanos y le pareció que los años pasados en Gante, dijo Gante para protegerse todavía más, eran una buena razón para haber olvidado las palabras maternas y así se disculpó ante sus benefactores. Pero a la altura de Burdeos, arreció la intensidad de sus preguntas sobre la importancia de cierta parte de su equipaje. Gracián temió que, superada ya la mitad del viaje, la curiosidad los desbordara y que, en cualquier momento trataran de enterarse por la fuerza de qué era lo que procuraba poner siempre tan lejos de ellos, así que una noche decidió marcharse y continuar solo su camino.

»Tenía decidido volver a Valencia. Hacía ocho o diez años, no podía precisarlo bien, que faltaba de su casa, pero confiaba en que podría encontrar a su padre o, en el peor de los casos, a algún otro familiar. Sabía que no podría dedicarse nunca a la pintura, para no levantar sospechas, pero creía que en esos años había aprendido muchas cosas. No era un niño, sino un joven bien formado en el recto juicio, trabajador infatigable y persona con facilidad para el aprendizaje, de forma que podría ser útil a su padre, cualquiera que fuese su dedicación.

»Gracián no contaba con las dificultades de viajar solo. Mientras estuvo con los burgaleses, porque de allí eran los dos castellanos, no tuvo que preocuparse de nada porque sus anfitriones le proporcionaban comida y cama a cambio de conversación y de un poco de ayuda en los trabajos rutinarios, pero ahora que debía procurarse por sí mismo todas sus necesidades, no pasaba un momento del día sin que pensara en la siguiente comida. Desde Burdeos remontó el curso del Garona. Había sonsacado a sus compañeros y le habían dicho que por ese camino entraría en Cataluña a través de la comarca del Rosellón. Agua no le faltó, pero de lo demás de casi todo porque sus habilidades para aprovechar lo que daba la naturaleza eran escasas y su bolsa estaba casi vacía. Después de varias jornadas llegó a Barcelona y, agotados todos sus recursos, decidió buscar trabajo para conseguir dinero con el que sobrevivir. Lo encontró como mozo de un establo, en donde lo tuvieron ocupado un par de semanas. Pronto se cansó de ese empleo sucio y mal pagado, tan diferente del que había estado acostumbrado a desempeñar. Seguramente dijo demasiadas veces que tenía prisa por marcharse y alguien supo aprovechar la ocasión. Otro mozo le dio la dirección de un lugar en donde podría conseguir el dinero que necesitaba en una sola noche. Gracián le preguntó de qué dependía y aquél le contestó que sólo de la suerte. Aunque no estaba de acuerdo con que eso fuera depender de poca cosa, a Gracián le pudo el afán por encontrar su casa y ponerse a salvo de calamidades y, un par de días después, fue hasta el lugar donde le había indicado el segundo mozo. Allí no sólo no ganó nada, sino que perdió todo lo que tenía, incluida *La Anunciación,* que le robaron cuando viendo que no le quedaba nada, sufrió una crisis que le privó del conocimiento durante varias horas. Se despertó en un callejón del muelle rebozado en inmundicias y con el cuerpo dolorido por una paliza.

»Gracián volvió a la casa donde lo habían timado a sabiendas de que sería inútil. En efecto, una mujer sucia y vieja juró que en los últimos treinta años allí sólo habían vivido —era un decir lo de vivir— ella y el borracho de su marido. Otras pesquisas que intentó terminaron en fracasos semejantes y Gracián entró en un estado de abatimiento enfermizo. Transformado en una especie de desecho humano, no quiso darle a su padre el disgusto de volver junto a él y se quedó en Barcelona, donde despeñó su vida de oficio en oficio y de taberna en taberna. Se le conocía en todos los lugares de mala fama y en todos se reían de él, un pobre loco que, cuando bebía una botella de vino, contaba que conocía a un duque de gustos extravagantes. Una de las muchas noches en que, no teniendo dinero para alquilar una cama, vagabundeaba buscando un sitio donde dormir, tropezó con un objeto grande y duro al tacto que resultó ser un hombre de consistencia pétrea y elevada estatura.

»—“¡Mirad bien por dónde andáis! —le recriminó”.

»Cuando escuchó esa voz, profunda como una caverna, dedujo que debía ponerse a bien con Dios lo más deprisa que pudiera porque allí estaban a punto de acabar sus días. Sólo un perdido como él o un asesino con cuentas pendientes podían tener interés en caminar en el corazón de la noche. Sin embargo, aquel encontradizo parecía buscar conversación más que pelea.

»—Decidme a qué sitio vais a estas horas tan poco corrientes? —le preguntó, menos amenazante.

»—Yo no lo sé. ¿No veis que voy borracho? ¿Y vos? ¿Para vos no son horas corrientes?

»—Busco hombres a quienes guiar; la noche es propicia para almas que se han perdido —le contestó.

»—Reconozco mi borrachera. Pero no admito que mi alma esté tan extraviada que necesite vuestra ayuda, desconocido. Es posible que venga de celebrar el éxito de un amigo o de un hermano, ¿no creéis?

»—No seáis necio. De entre las que he visto estos últimos días, vuestra alma es seguramente la más extraviada de todas.

»—¿Acaso me sabréis llevar a un lugar seguro?

»Como todavía no estaba muerto, Gracián consideró la posibilidad de haberse encontrado con un religioso bienintencionado y nuevo en la ciudad, porque ya le conocían todos los que hasta ese día daban un plato de sopa a los mendigos. Se dejó tomar del brazo por el hombre y, sin intercambiar más palabras, recorrieron varias callejas hasta que llegaron a una más diáfana en donde el resplandor de algunas velas que salía de tres o cuatro viviendas permitía que las personas dejasen de ser un trozo de noche para ser un montón de sombras. Por eso Gracián distinguió que su compañero vestía, en efecto, una túnica de fraile y que su rostro, casi oculto debajo de la capucha, debía de ser duro y lleno de profundas arrugas. A instancias del religioso, se sentaron en el escalón de un portal, lo que aprovechó Gracián para recostarse sobre el muro y dejar la mirada perdida para que aquella plazoleta diese las vueltas como quisiera.

»—Con la edad que debéis de tener sólo una mujer puede ser la responsable de ese abandono —pronosticó el fraile, que se mantenía erguido como si estuviese atravesado por una vara, y sólo ofrecía a Gracián el perfil trapezoidal de su capucha.

»—¿Quién sois vos? ¿Un adivino? ¿Un fraile que adivina cosas? ¿No os jactaréis de haber resuelto el misterio de la Santísima Trinidad?

»El religioso, si es que lo era, ignoró la impertinencia de Gracián y le tomó por el hombro, no supo distinguir Gracián si con cariño o como una advertencia.

»—Os duele haber perdido a alguien, ¿verdad?

»—¿Por qué habría de contestaros? —le desafió Gracián, que ya sospechaba que el fraile no iba a darle un plato de agua tibia que pasase por caldo ni una delgada yacija que hiciese las veces de cama.

»—Porque, como a todos los hombres, os sentará bien hablar de lo que os atormenta. No hace falta acercarse demasiado a vos para darse cuenta de que lleváis mucho tiempo sin hacerlo.

»—¿Sin hacer qué, decís?

»—Sin hablar de vos mismo. De quién sois y de cómo habéis llegado a este estado.

»—No sé por qué debo hablaros de mí. No creo que mi vida sea de vuestra incumbencia.

»—Os duele el daño que os habéis infringido vos mismo —continuó el fraile, como si Gracián no hubiese llegado a hablar—, pero también os duele el daño que habéis hecho a otras personas. Escuchadme bien —le advirtió después de una pausa—, no es justo que tratemos de aplacar nuestro sufrimiento haciendo cosas que provoquen el sufrimiento de los otros. Ése no es el deseo de Dios.

»—No quiero monsergas, padre —continuó Gracián ingobernable—. Hice lo que debía y no me arrepentiré nunca. No es eso lo que me tiene así. Es lo que ocurrió después, cuando perdí algo muy valioso.

»—¿Cuál era su valor?

»—Tanto como mi vida.

»—Entonces... sería razonable que perdieseis la vida.

»—¡Por fin se dio cuenta el sabio! ¿Es que no comprendéis que es eso precisamente lo que estoy haciendo? ¿Que, como no me atrevo a acabar con ella de una vez, me estoy matando poco a poco? ¿Que, de paso, me complazco en aplicarme un castigo más duradero?

»—¿Creéis que con sufrir digamos quince años, que es lo que podéis tardar en morir si seguís comportándoos con semejante descuido, habréis purgado vuestro pecado?

»—¿Qué más puedo dar y de qué otra manera puedo hacerlo? —le contestó Gracián, encogiendo los hombros—. Si estáis pensando que os siga e ingrese en una congregación, podéis iros por donde habéis venido. No tengo vocación religiosa ni creo en curas ni en frailes e incluso hay días que tengo mis dudas sobre Dios.

»—¿Por qué blasfemáis? ¿Os sirve eso para aumentar vuestro tormento?

»—Sabéis que no. Pero os desafío a que me digáis si existe un castigo mayor que el que me estoy aplicando. Si lo halláis, os juro que estoy dispuesto a cumplirlo... si con eso he de sentirme bien al final de mi condena.

»—Veamos: traicionasteis a vuestro maestro entrando en su casa sin su permiso, robasteis uno de sus cuadros, provocasteis que sobre el nombre de vuestro maestro cayera la mancha de la sospecha, privasteis a un ciudadano honrado y poderoso de una tabla que tenía para él un gran valor sentimental, hurtasteis a vuestra amada el placer de verse retratada sabiendo que fuisteis vos el alma de su dibujo e hicisteis, en fin, que ella ya no pueda recordaros con cariño, de forma que dejasteis su corazón emponzoñado de rencor.

»—¡No seáis cruel! No puedo creer que Pauline me odie.

»Gracián saltó de su sitio irritado por la acusación que el fraile acababa de hacerle, pero mientras protestaba cayó en la cuenta de que ese hombre era un desconocido: ¡no podía saber nada de su pasado! De pronto quiso echar a correr, pero sus piernas no se movieron. El fraile se levantó de su asiento con una ligereza que a Gracián le pareció impropia de un ser humano y Gracián protestó entre balbuceos:

»—¡¿Cómo sabéis todo eso?! Vos no me conocéis. Nunca nos hemos visto. Cómo...

»El fraile se puso frente a él, lo apresó por los hombros y continuó hablando sin reparar en lo que Gracián había dicho:

»—Todo eso más el abandono de vuestra persona en el que estáis cayendo no se purga con unos años de infelicidad.

»—¡¿Quién os manda?! ¿Es él? ¿Es Möss? ¡Él es! Möss os envía para matarme.

»—¿Y si no fuese Möss quien te busca?

»—Imposible que sea otro. El maestro nunca lo haría. Él habrá sabido perdonarme.

»—¿Y si no fuese Möss? —insistió—. ¿Y si fuese alguien peor que Möss? ¿Alguien que quiere ver cómo sufrís hasta el último día?

»Las manos del fraile eran ahora tenazas que amenazaban con romper las clavículas de Gracián. El joven intentó gritar, pero no consiguió que su voz saliese de la garganta, como si otra mano le presionase la laringe y no pudiese articular otra cosa que gorjeos.

»—Yo te condeno a que no mueras nunca. Te condeno a que vagues por la Tierra por el resto de los siglos.

»—¿Qué decís? —protestó apenas Gracián, a punto de desfallecer.

»Quiso dejarse caer de rodillas para librarse del dolor, pero el fraile no se lo permitió; al contrario, lo mantuvo suspendido de sus garras como un guiñapo grotesco mientras pronunciaba el final de la sentencia.

»—Tú me has llamado. Tú me has pedido una condena peor. Ahí la tienes. Sólo te librarás de ella si en algún momento de tu vida semieterna recuperas lo que has perdido y lo llevas al lugar donde debe estar, junto a Pauline Möss, sea ese lugar el que sea.

»Ahora sí lo dejó caer al suelo. Gracián escuchó el paso quedo de su caminar retirándose impune y, después, sólo los ruidos intranquilos de la noche. Allí quedó, encogido sobre sí mismo como una alimaña herida que temblaba y lanzaba al frío quejidos lastimeros y miedosos. Sólo cuando empezaba a clarear la mañana, en la hora más áspera de todas, Gracián, extenuado, concilió el sueño. Cuando despertó, el día estaba avanzado y en la plazuela en la que había ocurrido el episodio del fraile, tres o cuatro mercaderes habían instalado sus carros muy cerca de él, una vez que hubieron comprobado que no estaba muerto, sino solamente dormido. Durante los primeros días...

—¡Pies quietos! —le dije, aprovechando que se había quedado mirando el último trozo de donut, dudando si comérselo o tirarlo a la papelera dentro de la bolsita de papel—. ¡Me acabas de colocar otra de órdago a la grande! Estamos en el siglo XXI y esas bobadas de los demonios, la inmortalidad y cosas así las dejamos para las películas, sólo nos interesan si tenemos cerca un cuenco lleno de palomitas, ¿me entiendes?

—Te entiendo porque no es fácil creerme, pero tú debes hacerlo. Tú eres distinta, de verdad. ¿Puedes hacerte una idea de lo que es ver que no envejeces, pase el tiempo que pase?

—Y dale...

—¿Qué dices?

—Nada, nada, que cuántas quisiéramos que no nos saliesen nunca las patas de gallo...

—No es cosa de risa. Gracián estuvo al borde de la locura cuando comprendió que el castigo del fraile iba a cumplirse al pie de la letra. Él no envejecía y todos los que estaban a su alrededor sí lo hacían. La gente desconfiaba de él. Se hablaba de que tenía tratos con el diablo, de que era el mismo diablo. No podía vivir en la misma ciudad demasiado tiempo y cuando se cambiaba tenía que hacerlo borrando todas las pistas que pudieran conducir hasta él. Gracián se convirtió en un fugitivo permanente y en hombre de mala fama allá donde lo llevasen sus pasos. No hablaba con casi nadie y se cuidaba mucho de hacer amigos porque sabía que más bien antes que después tendría que dejarlos.

—Creo que estás exagerando —me mantuve escéptica— porque lo que hizo tampoco fue tan grave. En España, enamorarse de quien no debes sale gratis y robar un cuadro cuando todavía no es famoso no debe de costar mucho más allá de una multa y no ver la televisión durante una semana.

—Pero la maldición contenía otra cláusula que Gracián descubriría más tarde —continuó Saúl, que no me concedía ni media sonrisa y que fijaba sus ojos en los míos pero sin verme, abstraído en desgranar el relato con su apasionamiento de profeta— y era la imposibilidad de amar a alguien que no fuera Pauline Möss. Lo intentó desde sus retiros de ermitaño. Creía que si llegaba a enamorarse de alguien su vida podría cambiar, aun sabiendo que siempre sería un amor imposible. Quizás levantarse con el anhelo de ver un rostro entre otros le haría esperar con algo de ilusión el tránsito de un día al siguiente. Pero no pudo. Su corazón estaba incapacitado para dejar de desear a Pauline, incluso cuando ella ni siquiera fuera ya un recuerdo entre los suyos.

»Así, sin oficio que poder desempeñar, sin amistades y sin nadie a quien querer, Gracián estaba convencido de que se hallaba lo más cerca del infierno que es posible estar sin llegar a residir en él.

Me pareció entonces que Saúl había llegado al punto final. Había dejado de mirar en mí para mirarme a mí. Así que cargué una vez más contra él.

—¿Esto también lo has sacado del diario de Gracián Brull?

—También.

—¿Y dónde está ese famoso diario? —pregunté, con un poco de cansancio.

—Lo tienes delante.

SUSAN SE VE EN UN BRETE

Me dio por reír. ¿Qué querías que hiciese? ¿Que temblase de miedo? ¿Que gritase, espantada? Me eché a reír de una forma tonta al principio y un poco histérica, lo reconozco, al final.

Saúl permaneció a mi lado inmóvil, pétreo, mirando al frente con esa especie de indiferencia de quien contempla una tormenta sabiendo que está escrito que escampe.

—Mira, tío —le dije—, concedo que eres uno de los tipos más interesantes que he conocido nunca. Admito que he barajado la posibilidad de decirte que sí cuando me pidieses que saliésemos juntos. Me parece que eres inteligente, que sabes un montón de cosas y que tienes una originalidad extraordinaria. Pero intentar colocarme ese cuento es muy fuerte. ¡¿Cómo pretendes que me crea que tú eres el famoso Gracián Brull!?

Saúl no se alteró. La verdad es que debía de llevar bien ensayado su papel.

—Tú necesitas pruebas y yo no puedo dártelas. La verdad no necesita pruebas. Sólo es la verdad y estoy seguro de que sabrás distinguirla.

—¿Cómo? ¡Y cuidado! —no le dejé hablar—. Ahora no me des jabón diciendo que yo soy esto y lo otro...

—No es jabón. Desde que te vi en el museo pensé que tú eras la persona a la que podía contarle esto. Después, me convencí todavía más. De hecho, sigo creyendo que terminarás por confiar en mí. Vamos, por creerme.

—Si no recuerdo mal, esto venía a que tengo que ayudarte a robar el cuadro del museo Thyssen. Me cuentas una película de indios, me haces la pelota y me juego la vida por ayudarte a que te lleves un cuadro que alguien te va a comprar por unos cuantos millones de euros, ¿verdad? Y a cambio, me das las buenas noches o algo así. ¡Que no me he caído de un guindo!, por favor...

—La tabla apareció en 1934... ¡Casi quinientos años después de que nadie volviese a verla!

—Y desde 1934 —le interrumpí— no has tenido ocasión mejor de robar el cuadro que ahora.

—No. Sinceramente, no. Una vez que supe que estaba en Lugano tuve que resolver dos problemas. El primero, encontrar el rastro de Pauline. No es fácil saber dónde está enterrada una chica que pierde su apellido cuando se casa y que no desciende de una familia noble. Me llevó un tiempo saber qué fue de su vida. Le fue bien, por cierto, a juzgar por el panteón familiar en el que está enterrada, en el jardín de una casa señorial en las afueras de la ciudad de Brujas. A esa casa, donde según todos los datos pasó sus últimos días, es donde debo llevar la tabla.

—Ya te imagino: llegas a la casa, llamas a la puerta, te abren y le dices: "Muy buenas; mire, vengo a darles este cuadro, que es de una antepasada suya; lo pinté yo, ¿saben?" Y luego te das la vuelta y te vas, ¿verdad?

—No —dijo muy serio—. Iré a esa casa, pero no llamaré a la puerta. Entraré en el panteón, dejaré el cuadro dentro de la lápida, la cerraré y me iré.

—Antes tendrás que levantarla...

—Eso ya lo he hecho. También me costó mi trabajo, no creas...

La seriedad con la que dijo esto último fue extraordinaria, digna del mejor actor o de alguien que dice la verdad, por muy estrafalaria que parezca.

—Pero me quedaba un problema que resolver, te lo recuerdo: robar el cuadro sin que se note.

—Muy considerado por tu parte...

—Al principio era una cuestión puramente práctica: se trataba de disponer de tiempo para marcharme sin levantar la alarma de la policía. Pero después he comprendido que, con el tiempo, el cuadro de mi maestro es un bien que pertenece a toda la humanidad. Desaparecida Pauline, es justo que la tabla sea disfrutada por todo el mundo. No me la llevaría si no estuviera de por medio algo tan importante como mi propia muerte, te lo aseguro. Por eso necesitaba encontrar un buen copista.

—¿No era una obra tuya?

—Nunca llegué a ser tan bueno como mi maestro. De todos modos, lo intenté en la década de 1940. Pero piensa que durante siglos tuve que renunciar a mi habilidad con la pintura y ésa es una destreza que mis manos y mi mente han olvidado. En los últimos tiempos me he interesado por el trabajo de muchos copistas. Los museos están llenos de ellos y los galeristas conocen a los mejores, los que no conoce nadie porque hacen de su habilidad un negocio oscuro vendiendo originales falsos a incautos. Sin embargo, ninguno como Inge, *el Noruego*. Había oído hablar de él y he visto algunas de sus portentosas imitaciones, pero le perdí el rastro y no lo encontré hasta hace poco. Resulta que vive aquí, en Madrid.

—¡El anticuario! —exclamé, no sin ironía.

—Ése mismo. Como conozco su pasado, elaboré un pequeño plan. Inge tuvo contactos con un mafioso que le hizo ciertos encargos. Aunque el mafioso ya está fuera de la cárcel y la pintura le importa ahora un céntimo, Inge no lo sabe. Él, que siempre ha sido un hombre de espíritu apocado y víctima de un enorme complejo por no haber sido capaz de ser un gran artista, vive escondido y asustado por la posibilidad de que Volk, que así se llama el mafioso, aparezca cualquier día y quiera ajustar las cuentas con él. Por eso contraté a un actor, que fue a verlo hace unas semanas y le encargó que hiciese una copia de *La Anunciación*. Llevaba aprendidas las palabras que tenía que decir, las inflexiones de voz e incluso los gestos para, sin soltar nada, dar a entender que detrás de ese encargo estaba Volk. El *modus operandi* que planifiqué era, de hecho, muy semejante a aquel con el que trabajaron en el pasado Inge y Volk.

El tiempo de Cenicienta estaba a punto de cumplirse. Miré el reloj y se lo hice saber a Saúl. Nos pusimos de pie y se ofreció a acompañarme a casa en taxi. Esta vez, me dijo, no pensaba dejarme ir sola. Mientras salíamos a la Gran Vía y hacíamos señales infructuosas a los taxis, continuamos con la conversación.

—Supongamos que te creo hasta aquí. Luego me ves a mí y dices: ya está, a ésta me la camelo y me hace el trabajo.

—Luego te veo a ti y me sorprende que a una chica de tu edad le guste tanto esa pintura, sí. Pero lo primero que pienso no es en utilizarte, sino en que te pareces a Pauline.

—¡Acabáramos!

—Te lo digo de verdad. En aquellos años se llevaban las mujeres tripudas. El maestro pintó una Eva en el Políptico de ese tipo. Y la mujer de Arnolfini, de la que hoy se dice que está embarazada, simplemente es una mujer de acuerdo con la época. La misma Pauline era así. Las ropas que vestía le ceñían el talle mucho y hacían que el abdomen se abultase. Hoy es imposible encontrar a alguien con ese aspecto, que lógicamente daba también una expresión característica al rostro. O sea, que si te miras en el espejo de la Virgen de la Anunciación no te vas a reconocer, pero cuando digo que te pareces a ella, hablo de otra cosa...

En ese momento, un taxi aparcó junto a nosotros y Gracián —no: Saúl, he dicho Saúl— abrió la puerta. Nos sentamos, le di mi dirección al conductor y él siguió hablando, bajando mucho la voz para mantener el secreto.

—Me refiero a la forma de mirar, por ejemplo —siguió—. A la manera en que mueves el pelo. A la expresión que tienes cuando callas. Incluso al modo en que se te va el pensamiento lejos y te quedas ausente... Créeme, eso fue lo primero que pensé. Por eso quería estar contigo. Más tarde me di cuenta de que tú podías ayudarme a coger ese cuadro, pero no pienses que lo decidí de pronto. Me ha costado mucho proponértelo, créeme.

Saúl esperaba una respuesta. Le pedí que, sólo por curiosidad, me dijese cuál sería mi papel si aceptaba y me contó el plan. La verdad es que, si todo salía bien, no era un trabajo demasiado complicado y me pregunté cómo era que no se robaban más cuadros a diario. Saúl, por si acaso, no se cansaba de insistir en que, incluso si nos sorprendían en plena faena, yo quedaría siempre al margen. En realidad, yo no llegaría a tocar el cuadro y podría acusarle a él de haberme engañado.

—Entonces, ¿cuento contigo?

—Déjame pensarlo un poco, ¿vale?

No sé por qué le contesté así, dejando la puerta abierta. Ahora creo que lo hice por intuición, ¿sabes? Entonces, no. Me parece que entonces lo hice en defensa propia, porque me convenía pensar que había sido sincero. ¿Que cómo pude creer que tuviese quinientos años de edad? ¡Y yo qué sé! ¿Recuerdas cuando escribí que era muy difícil negarle algo cuando lo pedía? Pues sería eso, seguramente no hay explicación mejor que reconocer que era un ser extraño, casi peligroso. Estuvimos en silencio unos minutos y cuando casi estábamos en casa se me ocurrió mirarle. Sólo vi su silueta recortada sobre la luz del exterior. Su silueta y el temblor del labio inferior, ése que se nos pone cuando una llora en silencio porque no quiere soltarse a moco tendido. ¡Estaba llorando de verdad! Me acerqué más y vi que le brillaba la cara, pero que trataba de ocultarlo. Le dije al taxista que diera un par de vueltas a la manzana mientras me echaba encima a Saúl para que no lo viera llorar. Saúl siguió lagrimeando sobre mi cuello y el conductor seguro que anotó en su agenda de anécdotas la de aquellos chiquillos a los que les entró el apretón cuando estaban en la puerta de la casa de ella y lo tuvieron dando vueltas un rato por el barrio: cualquier día lo oyes en una emisora de radio.

Al final, para disimular un poco delante del taxista, paramos en un chino que hay a unos trescientos metros de casa y le di un toque a mis padres, que es la señal de emergencia con la que puedo llegar media hora tarde. Esta es una media hora sin explicaciones: he llegado tarde y punto. Si expira ese plazo tengo que volver a llamar y prometer argumentos convincentes para cuando llegue a casa, así que me propuse que en veinte o veinticinco minutos tenía que haber consolado a Saúl. Mucho se me hacía, pero eso era mejor que inventar excusas de apariencia inverosímil.

Naturalmente, no entramos en el restaurante. Le cogí del brazo y me acerqué a él. En fin, él se sobrepuso y me contó:

—Necesito terminar con esto. De verdad. Me quedan muy pocos recuerdos de cuando vivía en Valencia, pero uno se me quedó grabado para siempre, bien puedo decirlo de ese modo. Era el del cura contándome que cuando me muriera iría al cielo o al infierno, según hubiera sido bueno o malo, y ahí me quedaría para siempre. Por las noches soñaba con esa idea de eternidad. Me daba el mismo miedo quemarme sin fin que ser feliz, también sin fin. Ésas fueron mis peores pesadillas. No sabía lo que era la muerte, pero tenía claro que me gustaría que todo terminase alguna vez, como terminaban los juegos o los días o las noches o los inviernos. Y fíjate de qué modo me vi embarcado en una vida sin final.

No supe qué decir. Quizás estaba loco. Trataba de recordar si alguien me había hablado de un tipo peculiar de locura en el que el enfermo es, además, un genio, pero no lo recordaba. Algo había oído del autismo, pero Saúl no era un autista. A instancia suya, nos detuvimos. Se apoyó de espaldas en una pared y yo quedé frente a él. Me tomó la cabeza con sus dos manos y me miró muy fijamente, los ojos aún demasiado húmedos, el pulso acelerado.

—Debes hacerlo —imploró.

—De acuerdo.

—Tienes que ayudarme por ti tanto como por mí.

—Eso no lo entiendo, lo siento.

—Créeme. Es mejor que yo me vaya con Pauline. Tienes que ayudarme a que me reúna con ella, por favor —susurró en mi oído mientras me acariciaba el lóbulo con sus labios y un escalofrío recorrió todo mi cuerpo.

LA DECISIÓN DE SUSAN

—¿Lo ves? Ya te dije que ese chico no era normal. En cuanto lo vi. Ahora lo que hay que hacer es no perderle la pista y planear una investigación lo más seria posible.

—Pero ¿de qué me estás hablando?

—¿Cómo que de qué? Podemos estar ante un caso único en el mundo. La parapsicología dará un paso de gigante con un episodio como éste.

—Que no, mujer, que no. No tengo la menor intención de complicar así las cosas. Bastante enredadas están ya.

—De eso nada, no puedes dejarme tirada así.

Nerea había tomado el rábano por las hojas y apenas le expliqué resumidamente lo que me había pasado no conseguía sacarla de sus elucubraciones sobre la ciencia de lo inexplicado, como ella decía. Caminábamos por el Retiro, era sábado por la mañana y el tiempo se había vuelto más frío.

—Céntrate, cariño. No te he llamado para eso. Mi problema no es que Saúl sea materia gaseosa, sino que me ha propuesto que robemos un cuadro del siglo XV que puede valer muchos millones de euros.

—Más a nuestro favor. Tienes que darle largas. Le dices que sí pero que de momento no puedes. Quizás el mes que viene lo tengas libre para asaltar fortalezas. Y mientras tanto, ya me las ingeniaré para hacer lo que tenga que hacer. Por fin podré usar mi agenda de contactos.

—Que no, ¡joder! Ni siquiera tengo tiempo de eso. El trabajo hay que hacerlo mañana.

—Claro, y después desaparecerá...

—Dice que se irá a Brujas.

—Y allí se morirá, ¿no?

—Eso no me ha quedado claro... Supongo que él tampoco lo sabrá. No sé si morirá o si se hará mortal y empezará a envejecer.

—Pues tiene que ser lo primero. Si es así, con tu testimonio, algunas fotos y algún objeto personal que puedas limpiarle, nos vamos a Brujas, localizamos el cadáver y trabajamos sobre él. ¡Lo demostraré todo! No será lo mismo que hacerlo estando vivo y coleando, pero cuando no hay pan buenas son las tortas.

—¡Pero será posible! —exclamé, levantando las manos hacia el cielo—, ¡si te estoy siguiendo la corriente!

—¿Cuándo has quedado con él? Tenemos que verlo antes para...

—¡Cállate, por favor! —le ordené y nos detuvimos en medio de una calle.

Después la sujeté por los hombros, como si así pudiese hacerla bajar de su mundo de fantasía y ubicarla en el mundo real, aunque, pensado esto, me quedé con la duda de hasta qué punto el mío era un mundo real del todo.

—Esto no puedo contárselo a nadie más, pero tampoco puedo dar un paso adelante sin contárselo a alguien, ¿me entiendes? Si decido ir y me pasa algo, necesito que alguna persona pueda acreditar que no actué como una ladrona, ¿me comprendes?

—Pues entonces haber grabado una cinta y yo la escuchaba tranquilamente mientras recogía mi habitación, por ejemplo —dijo, fingiendo haberse enfadado.

—Tampoco es eso, mujer, no te enfades conmigo. ¿No ves que estoy hecha un lío? Ayúdame, por favor. ¿Qué harías tú si estuvieras en mi lugar?

Nerea contestó sin hacer ninguna referencia parapsicológica:

—Caben dos posibilidades. Una, que te esté engañando. Otra, que no.

—¡Bravo! ¡Y tú solita, sin ninguna ayuda!

Nerea hizo un gesto que equivalía a «déjame seguir».

—Lo primero no parece muy probable. ¿Tú crees que si fuese un ladrón de verdad iba a recurrir a ti para dar el golpe? ¡Como si no tuviera nadie mejor de quien echar mano! Pienso que actúa de buena fe. No me parece que sea un tío que pueda buscarse un socio en el lumpen o en el crimen organizado. Cualquiera de ese mundo se burlaría de él, le quitaría el cuadro y lo dejaría en el recibidor del museo con las alarmas de toda la ciudad sonando en estéreo para que cargase él solo con todo el mochuelo.

—¿Ves? Me alegra que pienses eso. A mí no se me había ocurrido.

—Por otra parte, me dices que llora y que no deja de acordarse de esa antigualla de...

—Pauline.

—Pues eso, de Pauline. Sin pensar que sea mi fantasma —no pudo evitarlo, al final tuvo que decirlo—, que yo creo que es de lo que se trata. Poniéndonos en lo peor, podría ser un loco. Pero... pero... ¡Pero es un loco de amor! —exclamó, por fin, dando una pirueta en el aire—. ¿Te das cuenta? ¡Está enamorado! ¡Es un romántico! ¡No! ¡Es el hombre más romántico que ha existido nunca!

Nerea se calló de pronto, como si no supiese por dónde seguir.

—¿Y...? —le pregunté.

—¿Cómo que y...? ¡No vas a vivir un episodio semejante en tu vida! ¿Cuántos tíos conoces que estén por la misma tía cinco meses? Y ahora tienes uno que lleva, ¡cinco siglos! No puedes negarte. ¡Viva el amor! —Nerea se puso a dar vueltas histriónicas por el pasillo de arena—, ¡el amor que traspasa la frontera del tiempo!, ¡el amor eterno!, ¡los poetas lo cantarán durante generaciones y generaciones!

Me divertía viéndola evolucionar como una bailarina con poca gracia. De pronto se calmó, volvió hacia mí y me propuso que fuésemos a conocer a la chica del cuadro: «Estamos cerca, ¿no?».

Eso hicimos. Yo me negué y le di pistas sobre el cuadro porque lo habíamos visto hacía poco tiempo, pero ella no se acordaba, así que me encontré otra vez en el museo. Nerea vio el ascensor y, al pasar el control de entradas, se negó a subir por las escaleras. «¡Qué lujo! —dijo—. Está forrado de madera: como el armario de mi casa, pero con madera buena.»

Cuando llegamos a la planta, comprendí que esa nueva visita era especial. Hasta ahora apenas me había fijado en el personal que vigilaba el museo y ahora casi no veía otra cosa. Saúl llevaba razón en que había mucha gente. «El domingo habrá más» —recordaba que me había dicho, pero parecía que mis ojos no veían nada más que a los hombres de traje gris perla, emisora al cinto y auricular a la oreja. Sólo eran dos, de acuerdo, pero su presencia lo llenaba todo. Nada más entrar me di cuenta de que el que vigilaba el acceso a la sala clavaba su mirada en mí. Me anotaba en su memoria visual: dos chicas de dieciséis-diecisiete; pelo largo una, media melena la otra; cazadora vaquera y... un momento, la del pelo largo parece nerviosa, me mira y rehúye mi mirada, la seguiré, tiene pinta de pardilla, pero nunca se sabe.

Fuimos directamente a las tablas de Van Eyck y sentí lo mismo que la primera vez: una especie de escalofrío sin otra explicación que la belleza de lo que estaba contemplando. Me acerqué admirada y volví a preguntarme qué le faltaba a esas figuras para salir del cuadro y tenderme la mano. Evoqué las palabras de Van Eyck que escuché de Saúl: «Möss quedará más complacido de lo que espera». «¿Y cómo no?», me dije. Y recordé también que el maestro guardaba celosamente el secreto con el que nos engañaba: «¡Por Dios, Jan, cómo habéis conseguido que yo mismo crea que detrás de mi hija hay un espejo!», le habría dicho Möss ante la obra. Después de lo que me había pasado en los últimos días, creo que comprendía a Saúl: yo también quería tener ese cuadro. Quizás la excusa que había buscado era demasiado retorcida, pero qué caray: si se atrevía, ¿por qué no jugársela por algo como eso? Los hay que se la juegan poniendo el coche a ciento cincuenta cuando van borrachos, y eso sí que no tiene sentido.

—Que si es ésa, Susan.

Por lo visto, Nerea había repetido la pregunta, pero yo no me había enterado.

—Sí, ésa es —le contesté.

A la vez, vi por el rabillo del ojo que uno de los del traje gris se acercaba a nosotras. El cuadro —peor suerte no cabe— está situado al lado del pasillo, así que lo que pasaba frente a él era lo último que pasaría desapercibido a los vigilantes. Creí que nos iba a llamar la atención, pero el vigilante se limitó a ponerse muy cerca de nosotras.

—Pues menuda cara de pánfila tiene, hija.

—Es un cuadro muy pequeño, no puedes verlo bien.

—¿Cómo que no? Fíjate: tiene cara de bollo. Es como un suizo. ¿De dónde dices que era el pintor? ¿De Holanda? Pues de verdad que la tía parece un suizo. ¿Y los ojos? Es como si se los hubieran sacado a un batracio y se los hubieran pegado allí. ¡No me digas que no! Excuso pronunciarme —siguió comentando— sobre el manto fruncido al estilo de una muñeca de trapo. ¡Esa tía no vale nada! Desengáñate. Pues no eres tú mucho más mujer, pero mucho más...

El bajísimo nivel de la conversación de Nerea fue suficiente para expulsar al vigilante, que debió de transmitir a su colega, el de la entrada, algo así como «no hay problema, son dos niñatas tontas como sacos de patatas».

—No lo sé. Eso es una pintura, no una fotografía.

La verdad es que yo excusaba a Saúl con la boca pequeña porque, bien mirado, Pauline Möss no tenía nada que ver conmigo: mi rostro es más bien anguloso y ella era todo lo contrario. Sí, ya sé que ése era otro dato para pensar que me estaba engañando, pero creo que a esas alturas ni siquiera eso era lo importante.

—¿Y tú has visto cómo está protegido el cuadro?

No me había fijado. Estaba metido en una vitrina metálica con un marco de madera y rematada por un cristal irrompible. Además, cada una de las tablas estaba sujeta al marco con dos piezas a modo de pinzas metálicas arriba y abajo. De buena gana hubiese tocado el cuadro para comprobar si el vigilante se echaba encima o sonaban las alarmas, pero me contuve porque, si llegaba a ocurrir algo, lo mismo estropeaba el plan de Saúl.

—No tengo ni idea de cómo piensa hacerlo —le comenté a Nerea mientras bajábamos por las escaleras.

—Para mí que lo pillan.

—No seas gafe, mujer.

—Otra cosa, otra cosa... ¿Te ha dicho que le ayudes y no sabes qué tienes que hacer?

Se paró para decirme esto en el rellano anterior al último tramo de escaleras.

—Bueno, no sé cómo lo va a quitar de ahí, pero sí sé lo que tengo que hacer yo —le contesté con naturalidad.

Pero me quedé pensativa porque aquella pequeña urna parecía inexpugnable.

No volvimos a hablar hasta que no salimos a la calle. Luego pensé que si alguien nos hubiese estado siguiendo o vigilando por una cámara, se habría dado cuenta de que habíamos ido al museo nada más que para ver esa pieza. Si al día siguiente alguien iba a robarla, lo nuestro no había sido muy inteligente: seguro que algún detective nos iba a localizar: «¿Es casualidad, señoritas, que ustedes acudiesen al museo a contemplar esa pieza, y sólo esa pieza, durante ocho minutos y treinta y dos segundos, el día antes de que fuese sustraída, y luego se marcharan sin mirar ninguna otra?».

Pero eso fue luego. Mucho antes, cuando salimos a la calle, Nerea me detuvo en el patio de la entrada.

—Entonces, ¿qué vas a hacer?

Miré el edificio de abajo arriba con los ojos de una niña que contempla una caja que contiene el bombón más rico del mundo y contesté:

—Se trata del amor, ¿no? ¿Quién puede negarle algo al amor? Tú lo has dicho.

LOS ÚLTIMOS PREPARATIVOS

Los dos fuimos puntuales. Ambos llegamos bajo el reloj de la Puerta del Sol cuando el mecanismo marcaba las doce. Él llegaba desde Mayor y yo bajaba de Alcalá. Nos saludamos, quizás por los nervios, con cordialidad rutinaria, y caminamos hacia Mayor. Diríase que Saúl se había vestido de domingo con un abrigo largo, guantes negros y un pequeño portafolios cuyos herrajes brillaban. Se lo pregunté y me dijo que sí, que había tratado de vestirse a la altura de la fecha.

—Me alegra mucho que te hayas decidido a ayudarme.

—Creo que estoy loca. No he dormido nada esta noche. He repasado una por una a mis amigas y estoy segura de que ninguna haría esto.

—Yo también estoy seguro. Hay muchas chicas corrientes; muy poquitas son magníficas y sólo una es irrepetible.

Me gustó oír aquello, qué quieres que te diga. A todo el mundo le gusta que le digan cosas bonitas.

—Ya te veo. Veremos si no tengo que arrepentirme —solté, para no parecer demasiado facilona.

Enseguida comprendí que íbamos al taller de Inge. Por el camino intenté resolver algunas de mis dudas.

—¿No crees que ya es hora de que me cuentes cómo vas a hacer tu parte del trabajo?

—En realidad no hay ningún obstáculo para que lo sepas, pero no me parece necesario.

—¿Temes que vaya corriendo a la policía? —bromeé.

—No quiero que te pongas demasiado nerviosa ni que le busques fallos al plan. Vamos a hacerlo y punto.

—¿Es que puede tener fallos? —pregunté, asustada.

—No —respondió, muy convencido.

Luego pensé que si no se está así de seguro es mejor no intentar el robo de ningún museo.

Cuando estábamos cerca del anticuario, Saúl llamó por teléfono anunciando que llegaba y por eso encontramos la puerta abierta. La mujer de Inge estaba al otro lado, esperándonos. O, para ser más precisa, esperándole.

—¿Y ella? —preguntó, sin disimulo.

—Es mi ayudante. Dije que necesitaría una segunda persona.

—Ibas a venir tú solo.

—En cambio, eso no lo dije, pero si quieres no tendrá inconveniente en esperar aquí.

—A buenas horas.

Aunque molesta por no ser bien recibida, pasé con ellos hasta el fondo. Instintivamente, cogí del brazo a Saúl. Creí que íbamos a subir al altillo pero, en cambio, salimos a un patio trasero. Allí nos esperaba Inge. En uno de los lados del patio había colocado un atril cubierto con un paño. Inge y Saúl se saludaron con frialdad y, a continuación, el copista descubrió *La Anunciación:* ¡era exactamente igual que la del museo!

—El otro día no la viste con luz natural —explicó Inge.

Aunque sabía lo que iba a ver, el sorprendente parecido de la copia me hizo apretar el brazo de Saúl que, sin embargo, se mostró impasible.

—¿No vas a mirarlo de cerca? —le pregunté—. Pues yo sí.

Hasta el marco rojo de madera tenía en el lateral izquierdo las señales que se pueden ver en el original, como de haber soportado una espiga con el que se uniera a otra tabla. Me volví a Saúl y le dije que me parecía magnífico, pero él continuó sin inmutarse.

—Eso no es cosa mía.

—¿Eso lo ha hecho usted? —le pregunté a Inge con admiración—. ¡Es realmente increíble!

Los ojos azules de Inge me sonrieron agradecidos y me pareció entrañable que una observación mía pudiera envanecer, siquiera fuese un poco, a un hombre dotado de esa extraordinaria capacidad.

—¿De verdad que no te lo parece? —le insistí a Saúl.

—Ya te he dicho que no es cosa mía.

Después, abrió su maletín sobre una mesa, tomó la tabla, la cubrió con el paño y la metió dentro. Antes de cerrar, extendió la mano y Christine le dio otro paquete, no muy grande, envuelto en papel aluminio.

—¿A qué hora vendrás mañana? —le preguntó.

Decididamente, era ella la que llevaba la parte comercial del negocio.

—Llamaré antes. Pero no me esperéis antes de la madrugada. Traeré unos churros para desayunar.

—Mejor no pares en ningún sitio, no vaya a ser que pierdas el maletín —le contestó bastante seria, renuente a bromear.

Saúl y yo salimos a la calle.

—Ellos no saben casi nada de mí. Para ellos yo soy un ladrón al que han contratado a través de un intermediario.

—¿El del otro día?

—No. Otro distinto, otro actor con el que la mujer de Inge se citó en Carabanchel.

—Bueno, ¿qué te ha parecido el cuadro?

—Magnífico, ya te dije que Inge era el mejor que ha habido nunca.

Comimos en un restaurante para guiris y hablamos de la comida, del tiempo y de mis estudios: o sea, de que no sé para qué los hago porque no encuentro interesante nada ni me apetece ponerme a trabajar. Durante el café, en cambio, permanecimos callados. Eran los últimos minutos antes de que empezara aquello. Sabíamos que enseguida tendríamos que repasar los detalles del robo y los dos disimulábamos como si fuera una sobremesa normal. Pero el silencio lo derrotó primero a él, que fue quien alargó una mano para coger otra de las mías, la rodeó con las dos y se la llevó a los labios larga y suavemente. Aunque no hice nada, un latigazo me sacudió por dentro. Me limité a mirar sus ojos profundos y a preguntarme si de verdad aquel chico venía de un pozo de siglos. «Porque sería una lástima», pensé.

Después fuimos a su casa, un par de habitaciones viejas, estrechas y oscuras con vistas a un patio de luces ennegrecido seguro que por la pólvora de 1808. No pude evitar un gesto de desagrado.

—Tú vives en un piso amplio y soleado, ¿verdad? —me preguntó, cuando se dio cuenta de mi reacción.

—Hasta ahora creía que era una vivienda modesta. Noventa metros, ya sabes. ¿Es que tú no puedes vivir en un sitio mejor?

—Eso de mejor o peor es relativo. Todo depende de lo que necesites. Según a quién y cuándo, esto puede parecer un lujo asiático.

—Verdaderamente eres un tipo extraño. Al principio, creía que era una estrategia para ligar, pero ahora veo que no. Eres tal como pareces.

Sonrió por toda respuesta y me guió al dormitorio. Abrió un armario viejo, de puertas brillantes y oscuras, y sacó un plumas de color negro.

—Esto es para ti.

Lo cogí y lo manoseé. Parecía de buena calidad. Saúl me lo pidió y lo mostró por dentro. En la espalda tenía una cremallera que descubría un bolsillo bastante profundo. Saúl abrió el maletín sobre la cama y metió la tela de la *Anunciación* en el bolsillo del plumas.

—¿Ves? Está hecho a medida. Se trata de que entre bien y no se mueva. Por fuera no se ve nada.

Se lo puso y anduvo unos instantes por la habitación.

—¿De acuerdo? Nadie podrá sospechar nada.

—Llevas razón. Parece una buena idea. Y desde luego es el trabajo de una modista de categoría.

—No correrás ningún peligro —repitió una vez más.

—¿Y tú qué harás? ¿Dónde estarás?

—En su momento, meteré el original en el mismo bolsillo. No te preocupes, siempre estaré cerca de ti.

Se aproximó y cogió mis dos manos. Repitió el gesto tierno que tuvo al final de la comida.

—¿Recuerdas lo que escribí en el libro que te regalé la primera tarde?

—Creo —dudé— que algo sobre mis manos y sobre el tiempo.

—Escribí que no hay otra chica como tú. «Ignoras, inocente, el tiempo que ha pasado», ¿te acuerdas?

Algo me decía que Saúl no se atrevería a besarme, pero yo no iba a tomar la iniciativa. Si tenía que pasar algo entre nosotros —y por mí no había inconveniente— habría que esperar a que se resolviese lo de aquella noche. Tras algunos segundos, Saúl me soltó, abrió el armario y me dijo que iba a cambiarse de ropa. Salí del dormitorio y lo esperé en la otra habitación sentada en el único sillón que había en la casa. Otros dos objetos completaban el mobiliario: una mesa y una estantería. Las dos estaban abarrotadas de una singular variedad de enseres y artefactos, algunos que parecían tecnología punta y otros componentes de viejos aparatos, engranajes antiguos y verdaderas reliquias de oficios artesanos perdidos. Me resultó extraño que no hubiese pinceles, pinturas, ni ningún libro, pero no era el momento para hacerse preguntas sobre ello; también eso quedaba para después.

Cuando Saúl salió del dormitorio, me llevé la penúltima sorpresa del día: mi desconocido trovador del arte era todo un guardia de seguridad.

—¿Así que era esto a lo que te dedicabas?

—Es un trabajo muy aburrido, pero es el mejor.

—Para lo que te propones, claro...

—Evidentemente. Y no creas que me ha sido fácil entrar en la empresa y conseguir que me destinaran al museo. Todo lleva su tiempo.

SUSAN EN SU ESCONDITE

A las seis termina la venta de entradas, así que llegué a las seis menos cuarto. A esas horas, el museo era un elefante cansado. La gente parecía arrastrarse más que pasear, la luz del atardecer contaminaba el recibidor y le daba un aire melancólico de viejo café, el suelo estaba manchado de las suelas húmedas que lo habían pisado, las chicas de taquilla y de información mostraban en el maquillaje los pequeños destrozos que les había ocasionado el día.

Para utilizar el servicio no hay que sacar entrada, así que desde el recibidor tomé el pasillo de la izquierda y bajé por las escaleras. No recordaba que es una zona de mucho tránsito. Por allí se va al bar y a dependencias para el personal del museo. No era fácil lo que me había encargado Saúl. Entre el servicio de mujeres y el de hombres había, más o menos, una decena de metros. Primero fui a las cabinas de teléfono que hay entre ambos y simulé realizar una llamada. No había pasado un minuto cuando se abrió la puerta y salió un hombre del servicio de caballeros. Colgué el teléfono y de un salto me introduje dentro. Llevaba preparado el «Perdón, me he equivocado», pero no me hizo falta porque estaba vacío. Lo que me tocaba hacer era meterme en un retrete y sacar el cuadro de la cazadora. Hasta ahí no hubo problemas: el cuadro, enfundado en un saquito de mullido terciopelo verde oliva, había llegado intacto. Sin embargo, no pude salir de inmediato porque llegaron dos nuevos usuarios. Por el timbre de sus voces los catalogué de mediana edad, sea eso lo que sea, y escuché sus confidencias mientras descargaban las vejigas y se lavaban las manos: una memez porque se limitaron a emitir su opinión sobre el museo. Pero a mí me provocaron los primeros minutos de angustia porque a ellos les sucedió otro y ese otro, a todo correr, se precipitó en mi *adosado* wc. ¡Qué asco! Tenía que salir de ahí: no soporto ruidos ajenos y mucho menos sus olores. Yo había permanecido de pie, pero ahora tenía que tomar la precaución de sentarme con el fin de comprobar si desde esa posición podía verse el exterior por encima del espacio vacío que dejaba la puerta. Además tuve que hacerlo suponiendo que el sujeto tenía alturas diferentes y sólo después de que estuve muy segura de que estaría a salvo salí de mi escondite y mandé el cuadro a la parte superior del muro que separa las dos zonas del servicio masculino. No soy muy deportista, pero un día es un día, así que salté y me encaramé en el muro para comprobar cómo había caído el cuadro. Tuve fuerzas para colocarlo más en el centro del tabique de forma que quedaba completamente a salvo de cualquiera que, desde abajo, mirara hacia allí. Aunque ejecuté estas operaciones con el mayor sigilo posible, debí provocar ruidos poco normales en esas estancias y el sujeto que se peleaba con sus tripas llegó a articular algo así como: «¿Oiga?», «¿Sí?». Naturalmente no contesté. Regresé a mi cubículo, recogí el plumas y me lo enfundé, todo ello a la velocidad del rayo, y empecé a caminar hacia afuera otra vez con el «Perdón, me he equivocado» en la punta de la lengua.

Esta vez sí tuve que usarlo porque una chica de uniforme que venía hacia mí me miró extrañada. Cuando me vio colorada como un tomate, no supuso que había estado haciendo barra fija, sino que me avergonzaba por el patinazo que acababa de dar y, muy solícita, se apresuró a disculparme sin dejar de caminar hacia su destino: «Es normal, con estos logotipos tan modernos se equivoca cualquiera».

Entonces sí subí a adquirir la entrada y anduve vagabundeando por los primeros pisos durante cerca de media hora. Cuando se aproximaban las seis y media me dejé caer por la tienda. Según lo que me había contado Saúl, a esa hora él entraría en el museo a hacer el relevo a un compañero. «Sólo podemos hacerlo hoy —me había advertido—. Las coincidencias favorables son tantas que no podemos desaprovecharlas y no podemos esperar que vuelvan a darse en muchos meses.» Roldán necesitaba salir esa tarde una hora antes y preguntó a los del turno siguiente si alguno podía cubrirle. Saúl se brindó —«No te preocupes, quien hace doce horas hace trece sin que le salga una hernia»— y ahí estaba, un par de minutos antes de las seis y media, con su uniforme de gorila. Al entrar miró hacia la izquierda, hacia la tienda, y nadie pudo ver que intercambiábamos una mirada de ladrones en plena faena.

Quince minutos más tarde volví al servicio, al mismo en el que había estado antes. Esta vez ni disimulé ni vacilé: sin más, abrí la puerta. Ahora sí había un hombre dentro, pero no tuve que disculparme ni dar un paso atrás. Ocupado en orinar no pudo ver cómo, a sus espaldas, yo daba dos pasos y desaparecía en la zona de los retretes. Tomé la decisión supersticiosa de meterme en el retrete en el que antes había tenido suerte y me dispuse a cumplir la segunda parte de mi trabajo, un encargo simple pero incómodo: subirme a la taza y esperar, acuclillada si era posible, a que todo quedase en silencio. De nuevo los nervios me llevaron la sangre a la cara. Notaba que el corazón la bombeaba con furia: era evidente que me castigaba por esa temeridad. ¿Qué hubiera pasado si la misma chica de antes me hubiera visto meterme otra vez en el servicio de hombres? ¿Pensaría, acaso, que venía al museo a sacarme unos billetes? ¿Y si alguien me descubriese en situación tan comprometedora a punto de cerrar el museo?

El caso fue que cuando las rodillas se me habían convertido ya en puré, oí pasos. En tan poco tiempo, había aprendido a identificar la dirección que llevaban y ésa era, inconfundiblemente, desde el bar hacia los servicios. Eran dos personas, un hombre y una mujer, que conversaban con despreocupación. De pronto sólo quedó una voz. La otra abrió una puerta que se cerró tras de sí. Me dije que era una guardia de seguridad registrando los servicios: miré el reloj y eran las siete. El museo había cerrado. Ahora un hombre, un *segurata*, haría lo mismo en el servicio de hombres, el de Susan, por cierto. La puerta se abrió. Ahí estaba. «¿Hay alguien ahí?» Silencio. Lo oí caminar hacia la zona del urinario. Después vino hacia la mía. Abrió la puerta de la primera cabina. La de la segunda. La de la tercera. La de la quinta. Quedaba la mía sin abrir, sin tocar siquiera. «Aquí no hay nadie», dijo Saúl, apagó la luz y se fue.

Como era domingo, los empleados de la limpieza no llegarían hasta el día siguiente, pero el servicio todavía podrían utilizarlo los camareros, así que me quedaba por delante un buen rato de espera, aunque ya más tranquila. Con el mismo argumento de que yo hacía esto en un acto de homenaje al amor, había conseguido la colaboración de Nerea. Mis padres me hacían pasando el día y la noche con ella y ella se comprometía a mantener conmigo una fluida conversación a través de la mensajería del teléfono portátil. Si los mensajes quedan registrados en algún sitio, me parece que un día podrán utilizarse como un ejemplo del modo en que crece en una persona la desconfianza y cómo ésta se transforma en pánico cuando está sola, a oscuras y a punto de cometer una tropelía que le puede costar la cárcel. Una empieza con una falsa euforia provocada por el éxito que se ha tenido con las primeras operaciones, pero al poco comienza a preguntarse por el sentido de aquello: el tiempo que tarda el recinto en quedarse en silencio y una pasa los primeros minutos a solas con sus pensamientos. Después llegan las dudas sobre la persona por quien estás ahí y entonces te vuelves a plantear que todo lo de Saúl no ha sido nada más que un embuste bien urdido y que has picado como una adolescente inexperta bajo tu apariencia de mujer total. Más tarde pones a prueba a tus malos pensamientos y juegas a las supersticiones. Te dices que no llevas razón si en los próximos quince minutos Saúl entra un momento en el servicio de caballeros sólo para tranquilizarte, dice «hola» muy bajito para no alborotar y sale. Pero eso no ocurre y te ves abandonada y abres un nuevo plazo que pasa en blanco. Y luego otro. Y por fin te sientes burlada y los últimos mensajes a Nerea son los de quien está segura de que acabaron sus días de estudiante y que cuando salga de nuevo a escena no verá nada de lo previsto sino apenas un tipejo sonriente acompañado de un par de policías que te soltarán una hostia y te pondrán las esposas.

Menos mal que Nerea estuvo mejor que bien, aguantó el chaparrón como si fuese socia fundadora del teléfono de la esperanza y supo enviarme el mensaje más atinado en cada momento. Hizo que las dudas se tambaleasen —la duda sobre la duda—, de forma que a la una de la madrugada, cuando vibró de nuevo mi teléfono y en la pantalla apareció el nombre de Saúl, volví a ver las cosas como eran, difíciles pero en su sitio. Me quedaba un cuarto de hora para entrar en acción. Mientras, Saúl ya estaba haciendo la ronda que acostumbraba.

LA DECLARACIÓN DE ALBERTO MONDAS

—¿Cuál es su nombre, por favor?

—Alberto Mondas Clares.

—¿Experiencia profesional?

—Llevo trabajando como guardia jurado ocho años.

—¿Ha debido afrontar en ese tiempo alguna situación conflictiva?

—Naturalmente. Puedo decir sin miedo a equivocarme, y puede comprobar mi expediente, que me ha pasado casi de todo.

—No, no, no... No necesitamos su hoja de servicio. Estas preguntas son rutinarias. El trámite, ya sabe. Sólo queremos conocer qué ocurrió durante la noche del domingo al lunes en el museo donde usted estaba trabajando.

—Sería como la una y cuarto de la madrugada. En ese momento yo estaba cumpliendo con mi obligación en el recibidor del museo y noté que algo se movía a mi izquierda. No vi de qué se trataba, solamente me apercibí de que algo se movía. Como corresponde hacer en esas circunstancias, me volví con rapidez hacia el lugar del movimiento sospechoso llevándome la mano al arma reglamentaria y dando el alto a quien estuviera en ese lugar. A pesar de la oscuridad del pasillo, me percaté de que se trataba de una persona del sexo femenino, con aspecto de ser bastante joven, que apenas podía sostenerse en pie. Esto lo digo porque de inmediato se enredó con sus propias piernas y se cayó al suelo. Recuerdo que con la cabeza dio un golpe al pavimento que sonó muy fuerte. Sin soltar mi mano derecha del arma reglamentaria, actué como exige el procedimiento para prevenir cualquier contingencia inesperada, de modo que corrí hacia la persona antedicha. Cuando llegué hasta la misma, vi que se encontraba pálida, tenía los ojos vidriosos y, a mi entender, tenía dificultades para reconocer qué le estaba pasando.

—Perdone, ¿puede usted asegurar que estaba pálida pese a que hace un instante ha dicho que el pasillo estaba muy oscuro?

—Bueno, eso me pareció en ese momento.

—¿Y no puede ser que esa impresión la agregase usted después, pero que en ese momento la chica no estuviese pálida como usted dice?

—Estoy seguro de lo que digo. Cuando llegué al punto donde se encontraba la intrusa, la iluminé con la linterna y vi perfectamente cuál era su estado.

—¿Qué más observaciones pudo hacer cuando estuvo con la chica?

—Me agaché con precaución para examinarla más de cerca.

—¿Quiere decir que usted permanecía de pie hasta ese momento?

—Naturalmente. Mi obligación es tomar las debidas precauciones. Aunque parecía estar mal de salud, yo no podía descuidarme. Podía ser una trampa. Me acerqué a la chica con cuidado hasta que comprobé que se trataba de una persona inofensiva. Entonces me arrodillé junto a ella, tomé su cabeza bajo mi brazo y le pregunté si se encontraba bien. Pero no contestaba, sólo decía palabras que no se entendían muy bien. Me miraba, pero yo creo que sin verme. De todo esto deduje que había tenido un ataque epiléptico casi con seguridad.

—¿Había visto usted algún ataque epiléptico con anterioridad?

—No, señor; pero es de sobra conocido en qué consiste. Además, la misma joven nos informó de ello un poco más tarde: de vez en cuando los sufría y perdía la noción durante una cantidad variable de minutos, entre cinco minutos y varias horas.

—De acuerdo, tomo nota. Siga, por favor.

—La cogí en brazos para llevarla al puesto de control pero se me escurrió a mitad de camino. Ha de observarse que tenía una acusada rigidez del cuerpo, razón por la cual no era fácil transportarla sin riesgo de que el bulto, si se me permite, se cayese. Me agaché a interesarme por su estado y entonces me sujetó de la camisa con mucha fuerza y repitió la palabra «Socorro» varias veces. Procuré no dejarme llevar por el dramatismo que la chica estaba imprimiendo a la situación. Intenté soltarme para sacar el teléfono oficial y pedir ayuda a una ambulancia. Pero no podía hacerlo sin ejercer la violencia sobre la interfecta, si me permite otra vez la expresión, y a eso no me atrevía, ya sabe usted que la violencia es el último recurso y menos contra una joven que parecía muy enferma: hubiera sido abuso de posición. Se lo dije, me refiero a lo de la ambulancia, y entonces repitió varias veces «Ambulancia no». Se estableció así un forcejeo oral... bueno, verbal, un forcejeo verbal entre la enferma y yo que duró hasta que los nervios de ella se tranquilizaron paulatinamente.

—¿Cuánto tiempo duró ese forcejeo?

—No podría precisarlo. Supongo que unos quince minutos.

—¡Quince minutos! ¡Un guardia de seguridad no puede liberarse de una epiléptica sino al cabo de un cuarto de hora!

—Con su permiso, señor. Sí podía haberlo hecho. Pero me parecía que mantenerme a su lado cuando ella me lo demandaba era una buena forma de socorrerla.

—¿Su compañero estaba haciendo una ronda?

—Sí, señor, como todas las noches.

—¿Y no pudo usted pedirle que bajase a ayudarle?

—Le repito, señor, que no consideraba que necesitase ayuda. Yo estaba auxiliando a aquella chica. De hecho, terminó por mejorar.

—¿Cuando llegó su compañero?

—La chica se había tranquilizado ya del todo. Conseguí transportarla sin dificultad desde el medio del pasillo y la apoyé en una pared. Estaba como dormida.

—¿Qué pasó después?

—Le conté a Gracián...

—¿Gracián es su compañero?

—Sí, señor. Gracián Brull. Le conté lo que había sucedido y durante unos minutos tuvimos a la chica en observación. Dedujimos que la joven estaba recuperándose y que por eso seguía pálida y con la mirada perdida. Mi compañero y yo consideramos que era mejor no hacerla hablar hasta que no recobrara la normalidad en sus constantes vitales. Luego sonó mi teléfono particular y fui a cogerlo. El teléfono lo había dejado sobre la mesa del control pero cuando llegué ya habían colgado. Me llamó mi novia. Lo sé porque su nombre apareció en la pantalla de «llamadas perdidas». Luego volví y Gracián estaba arrodillado junto a la chica, que bebía un vaso de agua. Gracián me dijo que había bajado al servicio para coger agua y que allí había visto una cazadora que debía de ser de la joven. La prenda estaba tirada en el suelo, según me dijo.

—¿Cuánto tiempo estuvo usted separado de su compañero? Si el teléfono se cortó...

—Bueno, uno no es perfecto en su trabajo. Como era mi novia la que me había llamado, intenté comunicar con ella a ver qué quería. Pero no lo conseguí. Marqué varias veces su número y siempre me daba que la terminal estaba fuera de servicio.

—¿Pero no acababa de llamarlo a usted?

—Por eso me extrañaba. Suponía que era un fallo de la compañía de teléfono. Ya sabe usted que los móviles no siempre funcionan bien. Luego dejé de llamar porque supuse que se había enfadado conmigo. Mi novia suele molestarse conmigo por cosas así.

—¿Como cuáles?

—Pues eso, que me llame a las tantas de la mañana para decirme que me quiere y que yo ni le atienda la llamada ni se la devuelva de inmediato. Es así ella.

—O sea, que su compañero estuvo a solas un tiempo con la muchacha. Digamos quince minutos.

—No creo que tanto, señor. Diez minutos como mucho.

—¿Por qué cree usted que la chica apareció a esa hora?

—Ya se lo he dicho, señor. Le dio un ataque de epilepsia en el servicio y perdió el conocimiento. Por cualquier circunstancia sobre la que no entro a pronunciarme, no fue descubierta por la persona que inspeccionó si quedaba alguien en los servicios a la hora del cierre.

—Perdone un momento. ¿Y eso es normal?

—A mí no me ha pasado nunca, señor, pero técnicamente es posible. Según como cayese, mi compañera pudo empujar la puerta y la chica quedar detrás. Es verdad que un análisis más exhaustivo del lugar hubiese puesto de manifiesto su presencia, pero quizás tal análisis no se hizo; ya le digo que no entro a valorar la actuación de otras personas.

—Bien, iba usted hablándonos de por qué apareció a esa hora.

—Pues eso que digo. Transcurrido un cierto tiempo, la chica debió recuperarse, pero los epilépticos se quedan prácticamente sin capacidad de moverse durante mucho tiempo, según tengo entendido, así que me parece probable que ella se quedase grogui, es un decir, hasta que le dio un nuevo ataque, o un amago de ataque, y fue entonces cuando subió a buscar ayuda. Esta explicación, señor, si me lo permite, la he consultado con un médico neurólogo y la ha considerado factible.

—De acuerdo, de acuerdo. Puede usted retirarse.

El guardia jurado se fue y se quedaron solos el inspector de policía Osorio y el comisario Núñez, que había asistido a la entrevista en completo silencio.

—¿Qué opina, comisario?

—Que a este tío la empresa de seguridad debería despedirlo. Hay tantas irregularidades en su comportamiento que se merece quedarse en la calle sin cobrar un céntimo de indemnización.

—¿Lo de Brull parece seguro?

—La principal prueba contra él es que no ha vuelto a aparecer. Esto sucedió el domingo por la noche, pero no tenemos constancia del robo hasta el martes por la mañana. Si el lunes alguien se hubiese dado cuenta, tendríamos la prueba de que el robo pasó entre el domingo y el lunes, pero así sólo tenemos la sospecha. Indudablemente, que Brull ya no volviese al museo el mismo lunes dice mucho, pero nos falta la prueba.

—Supongo que la chica actuó con él. Y quizás quien registrase los servicios.

—Lo de la chica parece igual de claro, pero debemos encontrarla. En la primera declaración que hizo Clares dice —y el comisario leyó textualmente— que «la chica dijo llamarse Charo, pero aseguró no llevar encima documentación ninguna por haber salido de su casa con intención de volver pronto. A preguntas mías sobre sus apellidos y dirección las anotó ella misma en un papel que procedí a guardar en el bolsillo de la chaqueta y que posteriormente hube de entregar a mi compañero Brull cuando éste la acompañó hasta el taxi cuya presencia solicitamos en la puerta del museo, según he afirmado anteriormente. La chica había caído en un estado de somnolencia profundo y mi compañero necesitaba el papel para dar la dirección al mencionado taxista».

—¿Y los servicios? ¿Quién los registró?

—Seguro que fue Brull. Anota realizar la consulta al turno de vigilantes de tarde de aquel día. No sé cómo, pero se las ingenió para ser él, me apuesto una cena. ¡No, espera! Seguro que la chica se escondió en el de hombres. Alguna mujer inspeccionó el de mujeres y Brull el de hombres. Ahí va la cena.

—¿Buscamos entonces a la chica?

—No hay grabaciones de ella en ningún momento de la noche porque, casualmente, el tiempo en el que estuvo a tiro de las cámaras el sistema de grabación se cayó, según dicen los expertos, se bloqueó, se jodió, como quieras llamarlo. Tenemos que hacer un retrato robot con la única ayuda de Clares, que no llegó a verla nada más que en penumbra o con una linterna que le destrozaría cualquier relieve. A ver quién encuentra a nadie así. Si no está fichada, sólo nos queda pasarnos cientos de horas viendo grabaciones del museo a ver si tenemos la fortuna de dar con un rostro que se le parezca. ¡A la mierda!

—¿Y Brull? ¿Dónde podemos buscarlo?

—En Marte. Australia como mínimo. Desde el lunes a primera hora hasta el martes por la tarde, cuando nos avisaron los del museo, le ha dado tiempo a dar dos vueltas al mundo. ¡Caso cerrado, inspector, caso cerrado!

EL ARTÍCULO DE *LA SENSACIÓN*

La Sensación. 15 de diciembre de 2003

EL EXTRAÑO CASO DEL ROBO QUE NUNCA SUCEDIÓ EN EL MUSEO THYSSEN

Fermín Jáuregui Atazar. Madrid.— Un extraño caso de robo de una obra de arte ocurrido en el museo Thyssen durante el pasado mes de noviembre se ha ocultado deliberadamente a la opinión pública. Según ha podido saber este redactor, el martes 25 de noviembre, cuando el personal de vigilancia del museo Thyssen acudía a ocupar sus puestos, a eso de las nueve horas quince minutos, uno de ellos, Alberto Rivas Solé, encargado de vigilar las salas 3 y 4 del segundo piso, advirtió que había sido sustraído una de las dos tablas del díptico *La Anunciación* del maestro flamenco Jan van Eyck, concretamente la que representa a la Virgen María.

Se da la circunstancia de que esta obra se encuentra entre las más protegidas de la colección Thyssen, ya que es una de las de más valor. Para adueñarse de la tabla es necesario acceder al interior de una vitrina de acero y vidrio antirrobo, obstáculo éste que no supuso demasiado problema para el delincuente que, casi con seguridad, no actuó solo. Hasta aquí todo es normal, siempre y cuando pueda hablarse de circunstancias normales en el robo de una obra de arte. Pero a partir de aquí, los hechos son un auténtico galimatías.

Al parecer, el robo se produjo en la noche del domingo al lunes y la osadía del ladrón le llevó a sustituir la tabla de la Virgen por una burda reproducción y a volver a colocar el vidrio antirrobo que había rebanado con una precisión de joyero sujetándolo con un poco de pegamento rápido.

El ladrón confiaba en que el montaje no sería descubierto hasta que alguien se acercase lo suficiente. Contaba para ello con que, aunque la imitación era muy burda, ni los guardias de la empresa de seguridad ni las trabajadoras del servicio de limpieza serían capaces de notar el cambio a lo largo del lunes, día de cierre de los museos. A estos efectos hay que señalar que la pieza sustraída no es mucho más grande que una hoja tamaño folio y que está ejecutada en blanco y negro, elementos que, sin duda, jugaron a favor de los propósitos del delincuente. El caso es que el robo no fue descubierto hasta el martes y la policía no fue avisada hasta primeras horas de la tarde de ese mismo día, de manera que el ladrón dispuso de mucho tiempo para, por ejemplo, abandonar el país con toda tranquilidad.

El hecho es que el mencionado vigilante (es preciso distinguir estos vigilantes del propio museo, muy numerosos y habitualmente vestidos de traje gris, de los guardias jurados, que pertenecen a una empresa de seguridad privada y de los que hay menos) avisó del robo a la dirección. Confirmada la información de Rivas, el *staff* decidió no dar publicidad al asunto, por lo menos de inmediato. Ordenó a Rivas y a su compañero de planta que mantuvieran en secreto lo ocurrido y alguien de la propia dirección retiró la vitrina con la pintura del arcángel. Por último, se encargó al personal de mantenimiento que llevase a los almacenes todos los cuadros de la pared donde se encuentra la *Anunciación,* sin duda para distraer la atención del propio personal del museo y evitar filtraciones, y se dispuso que en taquilla se informase a los visitantes de aquel día que ese cuadro y el Roger van der Weyden, que está a su lado, no podrían exhibirse por motivos técnicos.

Según ha podido saber este semanario, cuando todo esto estaba sucediendo, la secretaría de la dirección del museo recibió una llamada muy particular. La señorita Olivenza, que fue quien atendió el teléfono, aseguró que se trataba de un hombre joven que hablaba inglés, aunque con acento neerlandés, extremo que ella podría confirmar sin ningún género de dudas porque su novio es de Ámsterdam y pasa allí sus vacaciones. El joven quería hablar con el director del museo, y la secretaria le informó de que en ese momento era completamente imposible hablar con nadie que tuviese más autoridad que ella en todo el edificio. Después de un prolongado forcejeo verbal, el joven cedió y le pidió a la señorita Olivenza que le transmitiera a su jefe que lo que habían echado en falta esa mañana estaba en el servicio de caballeros, sobre el tabicón que separa los urinarios de los retretes.

La secretaria, que estaba al tanto de lo que ocurría en el museo, irrumpió, casi sin pedir permiso, en la sala donde se había reunido todo el equipo de dirección. Eran las nueve y cuarenta minutos y todos salieron corriendo hacia el servicio de caballeros. Una vez allí, las miradas confluyeron en el jefe de seguridad, Martínez Samper, a quien esperaban ver encaramado en lo alto del tabique. Sin embargo, sus condiciones físicas no le permitían acceder a ese lugar por medios propios y entre dos personas le fabricaron con las manos un escalón para que se apoyara primero y se impulsase después.

Al poco, aunque no sin cierto esfuerzo, según ha podido saber este redactor, Martínez descendió con un saquito de terciopelo color verde oliva que abrió de inmediato y del que salió la tabla de la Virgen María de la *Anunciación* de Van Eyck. Con el extraño problema resuelto, la empresa encargada de establecer los sistemas de seguridad del museo se presentó en el madrileño Paseo del Prado diez minutos después y a las doce horas treinta minutos, la obra volvía a ser expuesta al público como si no hubiese pasado nada.

Muchas preguntas quedan abiertas en este caso. Una de ellas es si pudo tener alguna relación con este suceso el hecho de que en la madrugada del domingo al lunes una joven fuese encontrada en el interior del museo presa de una serie de ataques epilépticos. La policía, al parecer, maneja la hipótesis de que esta joven tuvo una intervención no pequeña en tan peculiar robo, si es que de robo puede hablarse. Otra pregunta es quién es y dónde se encuentra Gracián Brull, el vigilante de seguridad sobre el que recaen todas las sospechas. Él pudo ser el autor material de la sustracción y quien manipuló el sistema de grabación del museo para que se detuviese justo el tiempo que necesitó para hacer su trabajo, tiempo durante el cual su compañero, Alberto Mondas, habría estado atendiendo a su joven cómplice. También Brull pudo manipular el teléfono móvil de su compañero para que le remitiese llamadas falsas y así distraerlo durante los minutos que necesitaba para esconder en el servicio el cuadro que acabaría de robar. Pero, por encima de estas interrogantes, y una vez que los expertos han confirmado que es el cuadro de Van Eyck el que está en el museo, la pregunta que queda por responder es por qué los ladrones no se llevaron finalmente el cuadro y se conformaron con cambiarlo de sitio.

MAITE SE HACE CÓMPLICE

—Susan, me ha dicho Maite que quiere verte.

—¿Cuándo?

—En el recreo, en su departamento —concluyó el emisario.

En el instituto se respiraba ya el aire festivo de las vacaciones de Navidad. Terminados los exámenes sólo faltaba que los profesores entregasen las notas. Por eso, a Toño podía haberle sorprendido la requisitoria de Maite, pero a él no le importaba gran cosa la vida de la compañera ni las ganas de molestar que tuviera la profesora, así que se encogió de hombros cuando ella se lo preguntó: «Tú sabrás», le sugirió.

—¿Se puede?

—Pasa, Susan, y cierra la puerta, por favor.

—¿Qué querías?

Maite se tomó unos segundos para hablar. Lo había examinado todo cuidadosamente y había visto muy claro qué tenía que decirle, pero llegado el momento le seguía pareciendo un poco ridículo. Le costó cierto esfuerzo empezar como había ensayado varias veces.

—¿Te acuerdas del trabajo que hiciste sobre un cuadro de Van Eyck?

Susan acusó la pregunta con un parpadeo inconsciente y dejó a Maite al mando de la conversación.

—Dime, ¿te acuerdas?

—Sí.

—¿Quién era el autor del libro en el que te habías inspirado?

Susan disimuló mal.

—No me acuerdo.

Maite sacó el cuaderno de un cajón de la mesa. Se lo extendió.

—Está bien. Gracián Brull. ¿Por qué me lo preguntas?

—¿Por qué disimulas tú?

—Bueno, me dijiste que era un invento.

—¿Sólo por eso?

—¿Te parece poco?

Entonces Maite extrajo, del mismo cajón, un ejemplar del último número del semanario *La Sensación*.

—¿Has leído este artículo?

Susan lo cogió y en cuanto leyó el título se le subieron los colores.

—No, no lo he leído.

—Siéntate y tómate diez minutos. Ahora vuelvo.

Maite salió del departamento pero se quedó en la puerta para que nadie molestase a Susan. Transcurridos diez minutos, entró de nuevo.

—¿Qué te parece?

Susan había tenido tiempo de leerlo, de asustarse y de serenarse porque en ningún sitio se hablaba de delito ni de que la hubiesen identificado ni ninguna otra cosa que le incitase a pensar que podía estar relacionada con aquel suceso.

—Es una revista sensacionalista. Sabes que no tiene mucho crédito.

—Sí, pero yo veo muchas coincidencias: el cuadro, ese Brull, cierta chica que aparece en el medio... no sé.

—¿Qué quieres que te diga, que me hice la muerta para que un *segurata* cambiase el cuadro de sitio?

—No sé, Susan, pero ¿por qué estás tan a la defensiva? Esta mañana la directora me ha llamado a su despacho. Un policía estaba con ella. Estaba hablando con todos los institutos que han visitado el Thyssen en los últimos meses. Me ha preguntado si alguna alumna se portó de una forma rara en la visita o ha mostrado un interés especial por un cuadro de Van Eyck. El inspector ha asegurado que el asunto no tiene demasiada importancia, que, de hecho, el caso está cerrado y que sólo estaba haciendo algunas pesquisas finales. Pero eso, que si podía decirle algo sobre una chica con esos datos.

—¿Y qué has respondido?

—Que no. Y que ni siquiera hemos hablado este año de Van Eyck, así que coge el trabajo y llévalo a tu casa, no vaya a ser que alguien lo vea y me acuse de mentirosa.

A TODO LUJO EN EL PALACE

Saúl me sacó del museo y me ayudó a subir a un taxi que esperaba en la puerta. Mientras recorríamos el pequeño patio delantero, confirmamos nuestra próxima cita. «Salgo a las siete y media —dijo Saúl—. A las ocho menos cuarto en la habitación».

—¿Dónde la llevo? —preguntó el conductor.

—Al aeropuerto.

—A estas horas, seguro que va a América. Pero lleva un equipaje algo escaso —me dijo el taxista.

—Pues sí, voy a Brasil, pero el equipaje lo está facturando mi hermana, que se me ha adelantado —inventé sobre la marcha—. Ella tiene más prisa que yo por despegar.

En Barajas, entré por una puerta, busqué la salida más próxima para coger otro taxi que me llevara a mi auténtico destino:

—Al hotel Palace.

Ése fue el mejor momento de la noche. Me sentí como una de esas mujeres fatales del cine negro. Lo siento, me gustan algunas de esas películas antiguas, cuando la chica, muy elegante y envuelta en esa atmósfera neblinosa y distante, dice: «Lléveme a la puerta del hotel y haga el favor de olvidarse de mí y de que ha hecho esta carrera».

El taxista miró por el retrovisor, no dijo nada y empezó a conducir hacia el sitio desde el que yo acababa de llegar. En cuanto a mí, con el plumas en la mano para que no se dañase el cuadro, me repantigué en el asiento trasero para disfrutar de la travesía de Madrid como si fuera la del Océano Atlántico entero.

Iba a ser una operación de distracción perfecta. Nadie podría imaginar nunca, que la chica epiléptica del Thyssen había dormido a menos de un minuto del lugar de los hechos.

El portero del Palace, criatura de la noche y acostumbrado a todo, me franqueó la entrada. En recepción me atendieron con amabilidad y respeto profesional, y un botones demasiado cortés me condujo hasta la habitación. Dejé que me enseñara el recinto como si yo no supiera lo que eran la cama y el servicio y le di, pomposamente, una buena propina.

Está bien eso de ser rico, aunque sólo sea una noche. Una hace y dice cosas que ni siquiera se imaginaba. Y visita hoteles fastuosos.

Corrijo. Hay que ser rico más de una noche porque si sólo dispones de una, y además es tan corta como la mía, no sabes si bañarte o ducharte. Y además temes que si pierdes demasiado tiempo en el baño te sepa a poco disfrutar de una cama tan grande como para meter de golpe a Enrique

VIII y todas sus mujeres. Bueno, hice lo que pude, que no fue mucho, porque el agua caliente de la ducha me sentó como una caja de somníferos y me quedé dormida arrebujada en el albornoz, sin tiempo de meterme en la cama. Esto lo hice más tarde, a eso de las cinco y media, cuando mi cuerpo sintió que iba a resfriarse y me despertó para que me abrigara.

A las ocho menos cuarto en punto, Saúl volvió a sacarme del sueño con un beso en la sien.

—Esto tiene que ser parte de un sueño —dije.

—No. Es completamente real.

—¿Te das cuenta de lo que hemos hecho?

—No temas ni te arrepientas. No es nada malo.

Esta vez se equivocaba al interpretarme. Medio dormida todavía, ni tenía miedo ni juzgaba la moralidad de lo que había ocurrido. Sólo manifestaba mi asombro por la magnitud de lo que habíamos hecho. En realidad, seguía bajo el síndrome de la actriz de cine y lo único que me apetecía era aplaudir el ingenio de Saúl al planear el golpe y repetir lo bien que nos había salido todo.

—Tienes que estar cansado. ¿Por qué no te das una ducha? Te sentirás nuevo.

Saúl aceptó mi idea pero antes llamó al servicio de habitaciones y pidió dos desayunos completos y una ración de churros.

—¿Has visto si tenemos ropa limpia?

—Se me olvidó —dije, con cara de pena.

¡Cómo se me pudo pasar con lo que me gusta probarme ropa nueva!

Saúl abrió el armario y comprobó que un gran almacén había colgado, de sendas perchas, dos bolsas con una indumentaria nueva para cada uno de nosotros.

—Si quieres, pruébatela ahora. Yo pedí la talla que me dijiste. No sé si te gustará el color.

Cuando Saúl salió de la ducha esperaba el veredicto sobre su gusto eligiendo ropa y no ocultó su decepción cuando vio que yo todavía estaba en la cama.

—¿No tienes curiosidad por saber qué te he comprado?

Entonces salí de la cama y me mostré desnuda delante de él. No pensé en Saúl cuando lo hice. Sólo en mí. No podía haber compartido con él una experiencia tan intensa y dejarlo marchar sin abrazarlo, sin besarlo con verdadera furia, sin enroscarme en él, sin dar mil vueltas sobre aquella cama de harén. Caminé hacia él y me pegué a su cuerpo con fuerza pero en silencio, sólo sintiendo que ese gesto justificaba aún más la noche que habíamos pasado y esperando notar que su cuerpo reaccionaba al contacto con el mío.

Y se acabó. No voy a contarte más, lo lamento, aunque sé que vendría a cuento explicar lo que siguió a aquella escena teniendo en cuenta que Saúl no había dejado de insistir en que había atravesado los siglos por amor a Pauline Möss. Lo sé, digo, pero eso tendrás que suponerlo o añadirlo tú según te parezca más creíble en función de lo que has leído hasta ahora y de lo poco que te queda por leer. Me parece correcto reservarme esto para mí sola.

Desayunamos y me puse una ropa preciosa que me quedaba como un guante. Saúl cogió la ración de churros y yo me colgué de su brazo para caminar hacia el taller de Inge, *el Noruego*. Antes, Saúl dejó el maletín con el cuadro en la caja fuerte del hotel y prometió liquidar la habitación y los gastos antes de las doce. Era lunes, el día había amanecido fresquito pero soleado y mis compañeros estarían en clase. A esas horas tocaba Ética y me parecía que el del instituto era un mundo de broma. En ese momento me hubiese reído, escéptica, si alguien me hubiese dicho que era mi mundo y que al día siguiente iba a reintegrarme a él.

—¿No te preguntas de dónde sale el dineral que me he gastado?

—¿Por qué lo dices?

—Porque quiero explicártelo. Seguro que en algún momento has pensado que es un adelanto de lo que me van a pagar por vender la tabla.

Llevaba razón, claro que sí, pero de verdad que en ese momento no me interesaba. No quería saber nada que estropease el placer de aquel luminoso paseo por la carrera de San Jerónimo o que enturbiase el recuerdo que me quedaría de las últimas horas que había vivido. Seguro que más adelante se tambalearía mi ánimo, con confesiones de Saúl o sin ellas. Pero eso sería más tarde.

—Me da igual, de verdad.

—Pero a mí no. Quiero que lo sepas.

Le interrumpí con vehemencia:

—He dicho que no quiero saber nada.

En casa de Inge nos reprocharon que ésas no eran horas de llevar churros. Las nueve las habían dado hacía mucho tiempo.

—Como queráis —dijo Saúl—. Pero yo he cumplido.

—Hemos pasado un mal rato. Nos dijiste que al amanecer.

—Dije que no antes del amanecer.

—Bueno, no discutamos. Danos la tabla.

—No hay tabla.

—¿Qué? —bramó Christine.

—No hay tabla porque no hay encargo de Volk.

—Explícate.

—Volk salió de la cárcel hace bastante tiempo. Lo soltaron a cambio de que contase en qué museos había colocado falsificaciones. Los años de cárcel le sirvieron para comprender que todo el arte del mundo no valía lo que un día de aire fresco. El caso es que devolvió todos los originales y tus obras, Inge, las quemaron, no queda ninguna. Ahora Volk sólo se dedica a los negocios y hace lo posible por no acordarse de ti ni un solo día.

—Pues no entiendo nada.

—Yo soy el único que quería ese cuadro por razones que no voy a explicaros y urdí una pequeña trama para que Inge me hiciese una copia, ya que por las buenas no la habría hecho nunca, ¿verdad?

»Los dos hombres con quienes habéis hablado, el que vino a haceros el encargo y el que se entrevistó en Carabanchel con Christine, eran actores que contraté para este trabajo.

—Entonces, nuestro dinero... —dijo, rápidamente, Christine.

—Lo necesitaba para pagarle a los actores y para hacer frente a algunos gastillos —dijo, tomándome del hombro con toda la intención. «De aquí ha salido ese dinero», me decía— que eran inevitables. Como comprar una buena reproducción; ya os enteraréis. El resto lo tengo aquí.

Saúl sacó del bolsillo de su americana nueva un paquete envuelto en el mismo papel de aluminio que Christine le había dado cuando se llevó la falsificación, y se lo tendió al matrimonio.

—¡¿Y el dinero que le vas a sacar a ese cuadro?! —protestó Christine.

Ella tenía la mano sobre el paquete pero que no quería cogerlo por si eso podía suponer que renunciaba a tener más participación en el producto de la venta que suponía que haría Saúl.

—Ninguno —contestó Saúl, con seriedad—. Te doy mi palabra de que no obtendré ni un solo céntimo por ese cuadro. Nadie lo obtendrá. En todo esto, no existe el menor interés económico.

—Aun así no estoy de acuerdo —Christine seguía con la mano en el paquetito del dinero—. Si es cierto todo lo que dices, nos debes dinero por el trabajo de Inge. Nos has utilizado para tener ese cuadro. Al menos, debes pagarnos por el trabajo de mi marido —insistió.

—No —corrigió Saúl—. Antes de que yo apareciese, vivíais cocidos en el miedo. Os asustaba vuestro pasado y le teníais pánico a Volk. No habéis salido de aquí desde hace años. Cada vez que entra un cliente nuevo pensáis que puede ser él quien venga a cobrarse los asuntos pendientes. Gracias a mí, sin embargo, todos esos miedos se han disipado. Volk ya no es un problema. A partir de ahora seréis mucho más felices. ¿Eso no vale dinero? ¡Mucho! —contestó él mismo—. La felicidad no se paga con dinero.

—De todos modos, ¿no te parece que es demasiado dinero por una noticia? —protestó Christine.

—Inge —se dirigió ahora Saúl directamente al falsificador—, ¿no es un buen colofón para tu carrera colgar un cuadro en el museo Thyssen? La satisfacción de saber que has imitado a la perfección a Van Eyck, ¿no es una buena recompensa? Nadie podrá saberlo nunca, claro. Pero tú sí lo sabes, y no creo que para un artista como tú pueda haber una recompensa mayor. ¿Me equivoco, Inge?

—O sea, que finalmente has robado el original —concluyó Christine, entre curiosa e irritada.

Pero Saúl no le contestó y siguió mirando a Inge.

—Llevas razón —reconoció Inge con humildad—; aunque me había prometido no volver a hacerlo, para alguien como yo, que no he sabido pintar nada propio que mereciese la pena, esto sí es... sí es... importante. Si es verdad que mi cuadro está ahora en el Thyssen me doy por pagado, desde luego. Incluso aunque te lleves ese dinero...

—Pues resuelto, ¿no te parece, Christine?

—¡Eres un demonio! —exclamó Christine, arrebatándole el dinero que mantenían sujeto entre los dos—. Que Satanás te lleve al infierno.

En este momento me produce una nostalgia bárbara recordar el resto de aquella mañana, así que eludiré las cuestiones menores y sólo te cuento el contenido de nuestra última conversación, de la que son testigos los salones del hotel Palace.

—¿Qué vas a hacer? —le pregunté.

—Me voy a Brujas. Voy a llevar el cuadro a Pauline y espero que así mi vida recupere la normalidad.

—O sea, que insistes en que tu historia es cierta.

Saúl sonrió con un asomo de nostalgia y contestó de forma lacónica:

—Por supuesto.

—Perdóname que siga siendo un poco desconfiada, pero no puedo evitar hacerte una pregunta.

Tomé aire y empecé a hablar.

—Si todo esto es mentira, te vas a reír de mí un montón de tiempo, pero, cuando lo hagas, recuerda que no me he creído ni una palabra de lo que has contado. Simplemente, me ha parecido que eras un tipo con el que merecía la pena tener una aventura que poder contar a las amigas.

—¿La pregunta?

Volví a respirar hondo antes de escucharme decir aquel sinsentido.

—Si cuando dejes la tabla en el... en la... vamos, en el panteón de Pauline se deshace el embrujo, ¿te morirás de golpe porque te caerá de una todo el tiempo que ha pasado o sencillamente el reloj volverá a ponerse en marcha para ti?

Saúl se encogió de hombros.

—No lo sé. De todos modos, hasta hace poco tiempo, yo prefería que todo terminase porque estaba en verdad cansado... Sin embargo, ahora desearía que el reloj se pusiera de nuevo en marcha porque me gustaría que te quedaras conmigo.

Lo miré algo confusa.

—¿Me estás pidiendo que salga contigo?

—Ven conmigo a Brujas. Verás como todo saldrá bien y tendremos toda la vida por delante. ¡Hace tanto tiempo que no he podido imaginar algo semejante con una chica! Vente, por favor...

Puedo decir que no me lo pidió sino que me lo imploró. Me acerqué a él y le di un beso largo, suave y cálido.

—No puedo irme. Si regresas después de hacer lo que debas, aquí estaré.

Y dicho esto, me levanté y empecé a caminar hacia la puerta, sin pensarlo más y sin querer verlo más. En la calle pedí un taxi y bajé frente a la puerta del instituto cuando mi gente acababa de terminar las clases.

FINAL: ¿QUÉ HARÍAS TÚ EL MIÉRCOLES?

De todo esto hace ya seis meses y todavía no estoy segura de cómo debo interpretarlo. Por supuesto, no he vuelto al museo ni creo que lo haga en mucho tiempo. Mi inquietud la he resuelto pensando que a lo largo de mi vida quizás tenga ocasión de reencontrarme con *La Anunciación*. Y si no es así, pues qué le vamos a hacer. Seguro que cuando tenga cincuenta años, todo esto sólo será una anécdota. De todas maneras, desde aquellos días siempre llevo, cerca del DNI, la dirección aproximada de aquel panteón y el papel en el que Saúl dibujó un pequeño plano de su situación.

Mañana me voy con el instituto de excursión fin de curso. Está previsto que el miércoles lleguemos a Brujas a eso de las once de la mañana y que salgamos de allí a media tarde.

¿Qué harías tú si estuvieses en mi caso?

ÍNDICE